혹시 이 세상이 손바닥만 한 스노볼은 아닐까

거리를 두면 알게 되는 인생의 이면

혹시 이 세상이 손바닥만 한 스노볼은 아닐까

조미정 지음

whale books

스노볼 눈송이처럼 작아지는 일

와이와 내가 직장을 그만둔 건 2015년이었다. 서울 생활을 청산하겠다고, 꽉꽉한 도시를 벗어나겠다며 궁리했을 때, 귀농과 이민이라는 두 가지 대안이 있었다. 귀농 생활은 회사보다 더 힘들어 보였다. 워킹 홀리데이 비자로 호주에 1년 살아본 경험이 있어서인지 오히려 호주 이민이 만만해 보였다. 발 빠르게 혼인 신고를 하고 한 달 치 방세와 생활비만 들고 겁 없이 호주로 떠나왔다. 이후 4년간 뼈 빠지게 일을 해 논을 왕창 벌었고, 바다가 내다보이는 2층 저택을 지었으며 BMW와 아우디를 타고 다니게 되었다…면 좋겠지만, 지금부터 시작될 이야기는 '오스트레일리안 드림'이나 '헬조선 탈출기'와는 거리가 멀어도 한참 멀다.

우리는 여전히 이민법이 불리하게 바뀌지 않을까 노심초사하는 외국인이고, 서울에서 화이트칼라 노동자로 일하던 때를 가끔 그리워하는 육체노동자다. 고급 차는커녕 중고차를 타고 다니다가 도로에서 퍼지는 바람에 폐차시킨 전력도 있다. 어딜 가나 비슷한 모양의 행복과 불행이 있었고 막연히 꿈꾸던 유토피아 같은 세계는 존재하지 않았다.

그러나 호주에서의 경험이 아니었다면, 행복을 외면하고 불행의 생김새만 확인하는 사람이 되어 있을지도 모르겠다. 느릿느릿 유영하듯 흘러가는 시공간 속에서 나는 전에 없이 자주 걷고 많이 웃었다. 날마다 긴 여행을 떠나온 사람처럼 살면서, 변명 없이 과거를 반성하고 조건 없이 현재를 좋아할 수 있게 되었다. 그러니까 이 책은 일상 에세이라기보다 여행 에세이에 더 가깝다.

돌아갈 기약 없는 장기 여행자로 살면서 '백인 사회의 이방인'이라는 새 정체성을 얻었고 어디에도 속하지 않는 경계성과 '아시아 여성'이라는 타자성이 세상을 바라보는 관점을 넓혀 주었다. 자연스럽게 '관찰자' 입장에서 글을 쓸 수 있었다.

내 인생을 1인칭 주인공 시점으로 바라보며 매몰되기보다 3인칭 관찰자 시점으로 적당히 거리를 두고 방관하면, 고립과 소외의 경험마저도 특별한 글감이 되었다. '이 세상이 작은 스노볼은 아닐까' 하는 발상도 '거리 두기'의 일환이었다. 손바닥만큼 작은 스노볼 세계에서는 내가 눈송이만큼 작아져서 '호주에 온 것이 과연 잘한 일일까' 하는 불안과 '이렇게 살아도 정말 괜찮을까' 하는 의구심이 눈 녹듯 사라졌다. 작고 사소한 존재가 되려고 할수록 오히려 내 세계는 확장됐다.

　깜깜하고 적막한 우주에서 거창한 계획이나 원대한 목표 없이 그저 돌고 도는 일을 반복하는 스노볼 형상의 지구, 이 작은 행성의 고요한 성실함과 묵묵한 반짝임을 닮고 싶어졌다. 안달복달 조급해하거나 애면글면 기를 쓰지 않고, 아무것도 아닌 채로 지금보다 더 작은 존재로 살아갈 수는 없을까 생각하면, 인간으로 태어난 이상 불가능에 가까운 일처럼 보였다. 하지만 신기하게도 글을 쓸 때는 가능했다. 호주에 도착한 순간부터 나는 블로그에 글을 썼고 글을 쓸 때만큼은 나의 쓸모를 증명하지 않고 빈틈을 부끄러워하지 않을 수 있었다. 그간 쓴 글들이 빛처럼 먼 곳까지 닿아 책까지 출판하게 되었는데 아주 오랜만에 나 자신이 자랑스러웠다. 책을 낸다는 성취감 때문만은 아니었다. 내 마음을 괴롭히지 않으면서도 원願에 다가가는 법을 알게 된 것 같아서였다.

　'혹시 이 세상이 손바닥만 한 스노볼은 아닐까' 하는 상상이 나 아닌 다른 누군가의 속 시끄러운 마음도 가지런히 정리해 주길 바라며 글을 썼다. 내 이야기는 남 이야기처럼 하려고 했고, 남 이야기는 내 이야기처럼 하려고 했다. 그리고 이 모든 이야기가 독자 자신의 이야기처럼 느껴진다면 더 바랄 것이 없겠다.

PART 1

흔들리다

PART 2

부유하다

흔들리다

춤, 춤을 추자

크리스마스이브, 한집 사는 셰어 메이트 C가 노스 프리맨틀 해변에서 열리는 풀문 댄스파티에 가자며 방문을 두드렸다. 내게 크리스마스는 일요일과 다를 바 없는 평범한 휴일이었지만, 호주에서는 연말의 긴 휴가와 겹친 국가 차원의 명절이었다. 이웃들이 훌쩍 떠나고 상점들도 휴업을 선언한 바람에 순식간에 동네가 적막해졌다. 텅 빈 거리는 작열하는 태양이 메우고 있었다. 북반구에서 온 이방인에게 한여름의 크리스마스는 유난히 더 낯설고 쓸쓸했다. 바다라도 보면 좀 나을지도 몰랐다.

해 질 무렵 도착한 바다는 오렌지빛 태양을 반사하며 보석처럼 빛났다. 까만 수트를 입은 서퍼들이 파도를 타고 빛의 조각을 가르며 해변으로 밀려왔다. 자신의 피조물들이 파도 타는 법을 배우게 되었을 때 신은 어떤 기분이었을까 궁금해지는 풍경이었다.

모래 해변에는 사람들이 동그랗게 모여 앉아 작은 아프리카 드럼을 두드리고 있었다. 가볍고 경쾌한 드럼 소리가 세찬 파도 소리와 기분 좋게 어우러져서 묘한 화음을 만들어 냈다. 꼭 크리스마스 캐럴을 듣는 것 같았다. 파티의 호스트인 듯한 레게 머리의 흑인 남성이 드럼의 리듬과 박자를 리드하기 시작했다. 크리스마스 파티의 전조를 알리는 신호였다. 사람들 얼굴에 설렘과 흥분이 서서히 번져 가는 동안 붉은 태양이 수평선 너머로 조용히 자취를 감췄다. 사람들이 하나둘 일어나 춤을 추기 시작했다.

한 해가 다 가고 있었다.

///

나의 열아홉 살 해의 마지막 날, 제야의 종소리가 끝나자마자 친구들과 춤을 추러 나이트클럽에 갔다. 검은 양복을 입고 입구를 지키던 사내가 내 얼굴과 주민등록증 사진을 대조하며 몇 초간 미심쩍어하다가 들여보내 주었다. 심장이 두근거렸다. 어른이 된 거였다. '이제부터 뭘 해야 하지?' 아득했다. 어른들 눈을 속이고 이미 나이트클럽을 드나들던 친구들이 먼저 춤을 추러 나섰다. 익숙한 걸음 뒤를 따라 나간 나는 그 애들을 곁눈질하며 춤을 췄다. 춤이라기보다 딱딱한 의자와 책상에서 막 해방된 기쁨의 파닥임이라고 하는 게 더 어울렸다. 파닥거리다 보니 왠지 곧 날 수 있을 것 같은 자신감과 함께 아드레날린이 솟구쳤다. 채연의 〈나나나〉와 블랙 아이드 피스의 〈레츠 겟 잇 스타트〉에 몸을 맡기며 생각했다. '술에 취하고 댄스에 취하다'라는 말의 의미가 바로 이거였구나. "난 슬플 때 힙합을 춰." 천계영의 〈언플러그드 보이〉 명대사도 떠올랐다. 슬플 때 춤을 추는 것이 슬픔을 이기는 최고의 방법 같았다.

한참을 놀다 정신을 차려 보니 어느새 나이트클럽 영업시간이 끝나 가고 있었다. 버스 첫차를 기다리기 애매해 집까지 한참을 걸었다. 술이 깨기 시작하니 그제야 벗겨진 뒤꿈치가 쓰라리고 발바닥이 얼얼한 게 느껴졌다. 아직 길이 덜 든 새 구두를 양손에 들고 맨발로 걸었다. 집에 오자마자 씻지도 못하고 쓰러졌다. 머리는 산발, 얼굴은 땀범벅, 스타킹엔 구멍이 나고 발바닥은 흙투성이였다. "쯧쯧, 잘한다, 잘해." 엄마가 한숨을 쉬며 어디서 혼자 마라톤 뛰고 왔냐고 물었다. 엄마 말대로 지난 6년간 교복 차림의 마라톤을 끝내고 드디어 결승점에 도달한 것 같다고, 그나저나 춤은 정말 신나는 거라고 생각하며 긴긴 잠에 빠졌다.

언제 어디서든 마음껏 춤을 출 수 있는 존재가 어른인 줄 알았는데 현실은 반대였다. 스펙을 쌓고 취업을 하려면 오히려 몸을 경직시킬 필요가 있었다. 세상 물정 모르는 사람들만이 춤을 췄다. 나도 그 일원이었다. 이력서 한 장 제대로 낸 곳 없는데 점점 졸업이 다가왔다. 춤추고 노래하는 시절은 다 갔는데도 여전히 음주가무가 필요했던 나는 대외 활동 경력을 쌓겠다는 명목으로 음악 페스티벌 자원봉사에 참여했다. 나처럼 '취업 말고 뭐 재밌는 거 없을까' 하는 친구들이 많아서 그곳에 있으면 막막한 앞날에 관한 고민이 별것 아닌 것처럼 느껴졌다.

페스티벌을 준비하는 동안 동해에 놀러 가서 '사일런트 디스코' 파티를 열었다. 그날도 밤하늘 달이 훤했고 친구들의 얼굴은 맑겠다. 무선 헤드폰 너머로 흘러나오는 음악에 맞춰 모래 백사장 위를 방방 뛰다가 파도치는 바다에 발목을 담근 채 잔물결을 느끼며 춤을 추기도 했다. 발가락 사이를 간지럽히는 작은 모래 알갱이들과 종아리를 스치고 지나가는 차가운 물살의 감촉이 생생했다. 내 안의 기쁨이 해변의 모래 위로, 바닷가 파도 위로 넘쳐흐르는 것 같았다. 음악이 없던 시절, 우리의 호모 사피엔스 조상들도 달빛과 바람과 파도와 모래와 함께 춤을 추지 않았을까. 춤을 추면 기분이 좋아지니까, 육체에 짊어진 생의 무게에서 잠시나마 자유롭게 해방되니까.

진로고 뭐고 평생 이렇게 춤만 추며 살고 싶었다. 춤으로 가득했던 그 해변에서 불안하고 불행한 사람들은 아무도 없어 보였다.

/ / /

드럼 소리와 어둠이 노스 프리맨틀의 해변을 가득 메운 가운데 머리 위로 보름달이 떴다. C는 이미 원 안으로 들어가 알 수 없는 춤을 추고 있었다. 그가 나에게 들어오라고 고갯짓을 했다. 슬리퍼를 벗어 던지고 춤추는 사람들 사이로 들어갔는데, 낯선 사람들 틈에서 맨정신으로 춤을 추는 건 생각보다 쉽지 않았다. 처음 나이트클럽을 갔을 때처럼 쭈뼛대면서 다른 사람들을 둘러보았다. 미지의 힘이 사람들을 춤추게 하는 것 같았다. 뇌의 필터링을 거치지 않은 몸짓들이었다. 아무도 나를 쳐다보지 않고 신경 쓰지 않는 것을 깨닫고 나서야 자유롭게 몸을 움직일 수 있었다.

　　춤을 추면서 그동안 얼마나 뻣뻣한 몸을 가지고 육체의 무게에 짓눌려 살았는지 새삼 깨달았다. 춤은 세상에서 제일 신이 나는 명상이었다. 춤을 출 때는 오직 좋은 것만 마음에 남아 '진짜 나'와 접속하고 있다는 느낌이 들었다. 타인과 경쟁하지 않고, 비교하지 않고 진정으로 나를 내려놓을 수 있는 행위였다. 내 춤이 타인에게 어떻게 보일까 걱정할 필요 없이 지금 이 순간, 속세를 까맣게 잊고 춤과 음악에 가장 깊게 몰입할 수 있는 사람이 최고로 행복한 사람 같았다.

　　해변에서 춤을 추던 사람들은 기쁨과 환희에 차 있었다. 그야말로 '메리 크리스마스'였다. 머리카락이 눈처럼 하얗게 센 할아버지가 내 옆에서 산타 모자를 쓰고 무아지경으로 춤을 추고 있었고 젊은 커플이 뜨거운 눈빛을 주고받으며 서로 밀착한 채 몸을 흔들었다. 이제 막 걷기 시작한 아이도 기저귀를 찬 엉덩이를 흔들며 아장아장 발을 굴렀다. 달 아래 파도도 춤을 추는 듯 보였고, 밤늦도록 풀문 파티의 열기는 식을 줄 몰랐다. 내 인생 가장 격정적인 한여름의 크리스마스였다.

잠자리에 들기 전 엄마에게 전화가 왔다. 춤을 추고 돌아왔다고 하니 호주에서 춤바람이 났냐며 낮은 목소리로 웃었다. 동생에게 여자 친구가 생겼고 결혼을 할지도 모른다고, 딸도 빈손으로 결혼했는데 아들도 그렇게 보내야 할 것 같다며 속상하다고 했다. 자식이 결혼하는데 대체 왜 집을 부모가 마련해 줘야 하는 거냐고, 그나저나 사는 데 집이 그렇게 중요하지 않은 것 같다고 말하려다 삼켰다. 나에게 중요하지 않아도 엄마에겐 중요할 거였다.

스무 살 나이트클럽에서 처음 만난 욕망의 세계는 눈이 휘둥그레질 만큼 화려하고 매혹적이었지만, 이면에는 어두운 유혹들이 도사리고 있었다. 그 세계는 오후 9시 전에 입장하는 여자들에게 샤넬 파우더를 주고 새벽에 나가면 현금을 건네는 곳이자 목에 나비넥타이를 맨 사람들이 여자들의 손목을 붙잡고 억지로 남자들의 방으로 데려가 앉히는 곳이었다. 여자들은 테이블 위에 어떤 종류의 술이 있는지를 보고 남자들을 판단했고, 남자들은 얼마나 예쁘고 날씬한지를 보고 여자들을 판단했다. 클럽 안의 사람들은 마치 작은 어항 속 미끼 같았다. 우리가 욕망에 취하면 취할수록 다른 누군가가 돈을 버는 가상 세계 같기도 했다.

내가 살고 싶은 어른들의 세계는 크리스마스이브 저녁의 해변 같은 곳이었다. 맨발로, 편한 옷을 아무렇게나 걸쳐 입고 누구의 시선도 의식하지 않은 채 팔다리를 맘껏 자유롭게 움직일 수 있는 세계, 환희에 찬 몸짓으로 나와 타인을 기쁘게 할 수 있는 세계, 빨갛게 물든 노을을 바라보다 그 자리에 탐스러운 보름달이 뜨는 것을 가만히 지켜볼 수 있는 세계. 세상 물정 모르는 철없는 소리처럼 들릴지 모르겠지만, 그런 세계가 어디에 있냐고 반문할 이들도 있겠지만 나는 그 세계를 직접 보았고 거기에 있는 사람들은 결코 철모르지 않았다.

마음이 외롭고 허전한 날에 엄마도 춤을 출 수 있다면 좋겠다고 생각했다. 이름이나 나이, 내가 누군가의 부모이거나 자식이라는 사실도 잊은 채 춤추듯 삶을 살 수 있다면, 사는 게 조금 덜 외롭고 덜 속상하고 덜 슬플 수 있지 않을까. 집이 없어도 해변에 나가서 속이 시원해질 때까지 춤을 출 수 있다면 그런대로 괜찮은 인생 아닐까.

전화를 끊고 나서 크리스마스이브의 까만 밤을 한참 올려다보았다. 밤하늘 별들이 빛나는 왈츠를 추는 것 같았다.

부의 감각

나는 호주 퍼스Perth의 조용한 마을, 이층집에 살고 있다. 1층에 거실과 주방이 있고 2층에 거실 또 하나, 방 세 개가 있다. 미국 드라마에 나올 법한 2층짜리 호화 저택에 살고 있다…면 좋겠지만 애석하게도 호화 저택은 아니다. 이 집은 70년대에 지어졌고 온냉방 시설이 제대로 갖춰져 있지 않으며, 방문과 똑같이 생긴 현관문은 누구든 마음만 먹으면 침입할 수 있을 만큼 허술하다. 하지만 지난 4년간 우리 집에 뭘 훔치러 들어온 사람은 없었다.

낡고 오래된 집을 다른 사람과 나눠 쓰기까지 하고 있지만 '이층집에 살고 있다'는 사실이 마음에 든다. 창문이 크고 채광이 좋아서 낮에는 2층 거실이 빛으로 가득하다. 카펫 깔린 계단을 오르내릴 땐 왠지 부자가 된 기분도 든다. 1층에서 내린 뜨거운 커피를 들고 2층 거실로 올라가는 아주 찰나의 순간, 집이 아니라 집 내부 구조가 가져다주는 부의 감각을 어설프게 누린다. 만일 내가 한국에 있었다면 어떤 집에 살고 있을까 괜히 상상해 보기도 한다. 서울에서 이층집에 살 확률을 가늠하다 보니 부의 환각이 더 선명해진다.

이곳 퍼스에서 서울을 떠올리면 전 남자 친구들을 회상하는 심정이 된다. 함께하는 동안 즐거웠고 행복했던 시간을 추억하면 애틋해지지만, 한편으로는 후련하면서 너랑 헤어져서도 나 이만큼 잘 살고 있다고 자랑하고 싶기도 하다. 내가 뭘 하든 서울은 신경도 쓰지 않겠지만, 서울을 약 올리는 마음으로 2층 거실 소파에 드러누워 영화를 감상한다.

이창동 감독의 영화 〈버닝〉을 봤다. 영화를 보다가 문득 와이의 서울 자취방이 떠올랐다. 남산 근처에 있던 그 원룸은 영화 속 주인공 '해미'의 원룸 자취방과 흡사했다. 이음새가 깔끔하지 못한 싸구려 도배지, 배달 음식 전단지가 더덕더덕 붙어 있는 작은 냉장고, 옷장을 대신한 2단 행거, 하루 중 아주 잠깐 빛이 들어오는 창문, 고양이의 흔적. 왠지 모르게 기시감이 드는 장면을 보면서 20대 젊은이들이 부모님에게서 독립해 살 수 있는 서울의 방이란 고만고만하단 생각도 들었다.

상자처럼 좁은 방에 붙어 앉아 무의미한 대화를 주고받던 해미와 종수가 정사를 나누기 시작했다. 대화만큼이나 알맹이 없는 정사였는데 무의미에서 의미를 창조하겠다는 듯 카메라가 뜬금없이 창밖의 남산타워를 비췄다. 영화 주제와 어울리는 메타포가 담긴 심오한 장면이었겠지만, 내겐 '이것이 너의 지나간 20대의 청춘이니라' 하고 선포하는 것 같았다. 그렇게 생각하니 남산타워가 아니라 중세 시대 고성이라도 보고 있는 것처럼 까마득해졌다.

와이의 집에서 남산타워까지는 가까워서 산책을 하러 자주 들렀다. 남산타워는 영원한 사랑을 약속하는 연인들의 성지였다. 사랑의 자물쇠 수만 개가 그 증거였다. 자물쇠 무게로 끊어질듯 위태로워 보이는 철조망에 우리의 사랑을 증명할 자리는 없어 보였다. 게다가 자물쇠는 쓸데없이 비쌌다. 우리는 자물쇠를 거는 대신 내려오는 길목에 있는 공원에서 점심 내기 배드민턴을 쳤고 승부욕이 많은 내가 더 많은 득점을 해야만 경기는 끝났다. 와이가 지는 것은 항상 예정되어 있었다.

와이는 내게 남산 밑에서 파는 전기 통닭구이나 장충동 족발, 프랜차이즈 카페의 아메리카노와 허니 브레드를 샀다. 운동 후에 먹는 음식은 다 맛있었다.

서울에서 수원에 있는 집까지 가려면 초저녁부터 서둘러야 했지만 둘이 얘기하다 보면 막차 시각을 훌쩍 넘겼다. 그럴 땐 와이의 집에서 하룻밤 신세를 지곤 했다. 회사 야근과 밤샘이 이어지는 날에도 와이의 집에 가서 잤다. 그의 집에서 회사까지는 멀지 않았고 다음 날 아침 서울 시민 흉내를 내며 출근하는 기분이 좋았다.

고향이 거창이나 안동이었다면 망설임 없이 서울에서 자취를 선택할 수 있었을 텐데, 수원은 좀 애매하게 멀었다. 애매한 자취를 선택할 만큼 주머니 사정이 넉넉하지 않았다. 서울에 대한 나의 애정도 애매했다. 언제든 포기해도 미련 없는데 왜 하고 있는지 모르는 짝사랑처럼 느껴졌다. 그즈음 서울이 아주 조금씩 은근하게 나를 밀쳐 내고 있다고 생각했다. 이렇게 밀어내면 제풀에 쓰러져서 먼저 헤어지자고 하겠지, 하는 심보 같았다.

고등학생 시절엔 일단 '한양'에만 입성하면 일사천리 인생이 풀릴 줄 알았는데, 한양은 만만한 곳이 아니었다. 서울에서 학교에 다니고 직장도 얻었지만, 내가 있을 곳이 아니라는 기분이 자꾸만 들었다. 사회 초년생 특유의 서투름으로 일도 인간관계도 삐거덕거리던 시절, 위염을 앓았고 생리는 자꾸만 늦춰지는 가운데 몸과 마음은 피폐해져 갔다. 수원으로 돌아가는 결코 짧지 않은 매일의 여정, 버스와 지하철을 기다리는 동안 눈앞에 펼쳐진 서울의 깜깜한 밤은 나를 더욱더 외롭게 했다. 서울 한복판 어딘가에 보물을 숨겨 놓고 찾지 못해 발만 동동 구르는 사람처럼 초조와 방황의 시간은 이어졌다. 그런 서울 하늘 아래, 마음

놓고 쉬고 웃고 누울 수 있는 공간이 있다는 것만으로도 위안이 되었다.

와이는 내게 직접 밥을 지어 주기도 했다. 대학 시절 롯데 호텔 주방에서 아르바이트하면서 배웠다던 요리들을 선보였다. 재료비와 수고비를 따지면 밖에 나가 사 먹는 게 훨씬 저렴하고 편할 것 같은데도 집에서 알리오 올리오 파스타나 연어 샐러드, 태국식 파인애플 볶음밥, 가지 튀김, 오징어순대 같은 요리를 뚝딱 만들어 줬다. 설거지가 필요 없을 정도로 그릇을 깨끗이 비우고 나면 우리는 추리닝을 입은 채로 남산에 배드민턴을 치러 갔다. 그 집은 내게 서울이라는 전쟁터의 임시 대피소였다.

무료 숙식을 받아 놓고 할 말은 아니지만, 그의 방은 정말 임시 대피소처럼 어수선했다. 빨래 건조대 위 널브러진 옷가지들은 개켜진 적 없이 항상 그 자리에 있었다. 비 오는 날엔 빨래가 제대로 마르지 않아 냄새가 났고, 화장실에 불이 들어오지 않아 샤워할 때는 스마트폰 플래시를 켜야 했으며, 뜨거운 물도 나오지 않았다. 집주인에게 얘기하면 되지 않느냐고 물어보니, 와이는 성가시다고 했다. 집주인은 최대한 안 만나는 게 신상에 좋다면서. 하지만 온수가 안 나오는 것보다 더 큰 문제는 여름날의 무자비한 더위였다. 작열하는 여름 땡볕, 종일 달궈진 낡은 빌라의 꼭대기 층에서는 어디선가 타는 냄새가 난나는 착각에 빠질 정도였다. 에어컨은 없었고 선풍기는 무용지물이었다. 서울의 좁은 방 한 칸도 전세가 4천만 원이라니, 대체 뭐가 잘못된 걸까 한참 생각하게 만드는 불더위였다.

사람 둘만 있어도 여름엔 숨이 턱턱 막혔는데 와이는 고양이 두 마리를 입양했다. 태어난 지 한 달도 안 된 러시안 블루와 두 번이나 파양 경험이 있는 검은색 브리티시 숏헤어였다. 우리 몸 하나 건사하기 힘든 이 마당에 누가 누굴 키우고 보살핀다는 걸까. 그는 인간이 지긋지긋하다고, 그러나 동물은 무해하다고 했다.

나도 인간이니까 싫겠네?
너는 인간이 아니지, 요정이지.

고양이들이야말로 무해한 요정이었다. 그들의 고요하고 나른한 움직임과 빛나는 눈동자에는 생의 의미가 다 담겨 있는 것 같았다. 눈길 한 번 제대로 주지 않다가 다른 데 관심을 쏟고 있는 사이 "야옹" 하며 다가와 살을 비빌 때, 고양이를 인생의 전부처럼 여기는 사람들을 어렴풋이 이해할 수 있을 것 같았다. 어떤 존재를 조건 없이, 대가 없이 사랑하고, 사랑받고 있다는 느낌이 마음을 넉넉하게 했다. 나는 그 애들에게 각각 '반야'와 '반달'이라는 이름을 지어 주었다.

각각 다른 날 입양된 반야와 반달은 몇 달에 걸쳐 서로 경계하며 기 싸움을 했다. 이해할 수 없었던 것은 밤에는 소리를 지르며 요란하게 싸우다 낮에는 세상에 둘도 없는 연인처럼 서로의 목을 끌어안고 잠을 자는 거였다. 잠자리에 든 반야와 반달의 모습은 꼭 우리 같았다. 나는 반야처럼 예민하고 까탈스럽고 경계심이 많지만 언제나 사랑이 고팠고, 와이는 반달처럼 타인에게 무심하고 어딘가 외골수처럼 보였으며 식탐이 많았다. 서로에게 유일무이한 존재인 반달과 반야처럼 우리도 그랬다. 힘든 얘기, 억울한 얘기, 슬펐던 얘기, 즐거웠던 얘기, 아무것도 아닌 이야기를 판단이나 편견 없이 나눌 수 있는 유일한 사람이었다. 때로는 다시 안 볼 것처럼 싸우기도 했지만 고양이들처럼 빠르게 화해했고, 망해 가는 지구에 마지막 남겨진 생존자들처럼 서로의 목을 끌어안은 채 속삭였다.

세상엔 우리 둘뿐이야.

열대야가 극심한 여름밤이면 와이는 생수병을 여러 개 얼려서 그가 사랑하는 요정들에게 하나씩 나눠 주었다. 우리는 얼린 생수병을 끌어안고 한참 뒤척이다 잠이 들었다. 함께여서 외롭지 않았다.

방 안 열기를 피해 옥상에 올라가면 서울 시내의 화려한 야경이 한눈에 내려다보였다. 캔 맥주를 나눠 마시며 싸이월드 같은 데서 주위들은 명언(인생은 가까이서 보면 비극이고 멀리서 보면 희극 같은)을 주고받으며 자아도취에 빠지기도 했다. "서울에 집이 이렇게 많은데 우리 집은 없네" 하는 농담도 그와 함께하면 슬프지 않고 재미있었다. 매일 웃음이 났다.

옥상에서 보이는 서울 야경이 마음을 말랑말랑하게 했는지, 와이는 수백만 개의 불빛들을 바라보며 자신의 어린 시절을 자주 이야기했다. 동네 작은 슈퍼를 운영하던 엄마, 슈퍼 옆에 딸려 있던 작은 단칸방에서 네 가족이 함께 자던 일, 연탄가스를 마시는 바람에 온 가족이 동치미를 들이켰던 날, 몸살감기에 걸린 엄마를 대신해 구멍가게 문을 열고 물건을 팔았던 열 살 소년, 아버지를 따라나서 작은 트럭 화물칸의 생선을 팔던 사춘기 소년.

그에게 가난이 부끄러웠던 적 있냐고 물었다. 없다고 했다. 부모님이 자신을 얼마나 사랑했는지 가난이 알려 주었다고 말했다.

부모님이 자신을 사랑한 방식으로 와이는 나를 사랑했다. 그가 배드민턴 시합에 웃으며 져 줄 때, 목까지 이불을 살며시 덮어 줄 때, 따뜻한 밥을 지어 줄 때, 더운 여름날 얼린 생수병을 건네줄 때, 추운 겨울날 주전자에 물을 데워 줄 때, 나를 요정이라고 부를 때, 허기지지 않는 생생한 부의 감각을 느꼈다. 마음의 곳간에 차곡차곡 쌓여 가는 사랑이라는 재물은 아무리 써도 줄어들지 않고 오히려 넘쳤다. 덕분에 잉여의 사랑을 다른 사람에게 베푸는 법도 배울 수 있었다. 내게 부는 소유의 영역이 아니라 감각의 영역이었다. 소유하지 않아도 느낄 수 있으면 부자가 될 수 있었고 20대의 나를 부자로 만들어 준 것은 단연, 사랑이었다. 나에 대한 와이의 사랑, 주변 친구들의 사랑, 부모님의 사랑(그리고 전 남자 친구들의 사랑……).

낡은 이층집에 사는 지금도 나는 자주 '부의 감각'을 환기하려고 한다. '부자가 되기 위한 비결'을 고민하는 것보다 '부자의 기분을 누리는 방법'을 성찰하는 것이 어쩌면 부를 누리는 손쉬운 비법이 아닐까 싶다.

며칠 전 와이는 300억짜리 복권에 당첨되지 않았다며 슬퍼했다. 그의 까끌까끌한 턱수염을 쓰다듬으며 내가 물었다.

300억이 있지만 내가 없는 인생을 택할 수 있다면 그렇게 하겠어?
네가 없으면 300억이 다 무슨 소용이야. 안 돼, 안 된다고. (발 동동)

와이가 옆에 있는 한, 나는 오래오래 부자의 기분으로 살아갈 수 있을 것 같다.

그렇게 부부가 된다

호주 이민을 결심한 건 서울 이문동 어느 감자탕집에서였다. 향긋한 깻잎과 들깻가루 아래 익어 가는 돼지 등뼈를 바라보다 이대로는 도저히 못 살겠다는 생각이 들었다. 소주 한 잔 입에 털어 넣고 와이에게 약을 팔았다.

이민 가자! 만병통치에 좋은 호주 이민!

호주 워킹 홀리데이 1년을 마치고 돌아오니 눈 깜짝할 새 서른이 코앞으로 다가왔다. 와이와 나는 호주에서 돌아와 이문동에 정착했다. 신축 건물 2층에 있던 원룸은 남산타워 근처의 집보다는 깔끔했지만, 창문이 너무 작아 환기가 잘 안 됐고 그마저도 열면 다른 건물의 벽만 보였다. 테트리스 게임의 벽돌처럼 활용할 수 있는 땅의 모든 구역을 건물들이 차지하고 있는 것 같았다. 호주에서 돌아오고 나니 서울의 높은 인구 밀도가 더욱더 실감이 났다. 방에 조용히 앉아 있으면 이웃집의 리코더나 멜로디언 부는 소리, 설거지하는 동안 그릇들이 부딪치는 소리, 아이 우는 소리, 아픈 노인이 끙끙대는 소리가 오묘한 화음을 이루며 들려왔다. 웰컴 투 헬… 아니, 서울이었다.

가장 적응이 되지 않았던 것은 근무 환경이었다. 호주에서는 아침 7시부터 3시까지 주 5일 근무를 했다. 비정규직이었지만 고용이 불안하다는 이유로 정규직보다 훨씬 높은 시급을 받았고, 2011년 당시 광산 붐으로 호주 환율이 급등해서 한국보다 3배 정도 더 많이 벌 수 있었다. 호주 사람들은 늦은 밤에 출근해 새벽에 퇴근하는 야간 근무조의 개념은 이해해도 아침부터 자정까지 일하는 야근의 개념은 이해하지 못했다. 정시에 퇴근하는 것이 공기처럼 당연한 세계에서는 '칼퇴'라는 용어도 존재하지 않았다. 야근 없는 주 5일 근무의 삶, 그 당연한 것 하나로 삶의 질이 크게 높아진다는 것을 경험한 나는 한국에 돌아와 야근이 당연한 주 6일, 7일의 삶을 어떻게 받아들여야 할지 당황스러웠다.

한국에서의 출퇴근길은 언제나 우울했다. 한번은 지하철에서 시커먼 한강을 내려다보다가 저 아래로 뛰어내리면 어떻게 될까 상상하는 나를 발견하고 흠칫 놀란 적도 있었다. 나는 나대로, 와이는 와이대로 인생 최고로 궁합 안 맞는 직장 상사를 만나 고생하고 있을 때였다. 마음이 오래 쓴 행주처럼 너덜너덜했다. 아무리 빨고 삶아도 닳고 해진 마음은 원래대로 돌아올 줄 몰랐다. 1년간 호주 생활을 하는 동안의 커리어 공백은 예상외로 컸고, 우리도 이젠 "시켜만 주시면 뭐든지 열심히 하겠습니다" 하는 순진한 청춘이 아니었다.

한국에 돌아온 후 3개월 동안 나는 1번, 와이는 2번 이직했다. 둘 다 팍팍한 근무 스케줄 때문에 주말 외에는 얼굴 볼 시간이 없었고 반야만이 우리의 푸석한 얼굴 상태를 확인할 뿐이었다. 인류를 구하는 일도 아닌데 뭣이 중하다고 매일 야근과 초과 근무를 해야 하는지 알 수 없었다. 호주가 사무치게 그리워졌다.

많은 것을 바란 건 아니었다. 정당한 급여와 정시 퇴근, 그게 다였다. 호주에서 보내던 여유로운 일상이나 공정한 근무 조건이 자꾸 떠올랐다. '거기선 안 그랬는데' '거기선 이렇지 않았는데' 동네 감자탕 맛집을 과감히 포기할 수 있을 정도로 이민에 대한 결심은 확고해져 갔다.

호주에 다시 가자. 요리를 잘하면 영주권 따는 데 도움이 된대. 오빠는 요리를 잘하니까 문제없을 거야. 같이 가려면 결혼 서류가 필요하니까, 내일이라도 당장 도장을 찍자.
무슨 결혼이 그렇게 쉽니? 결혼식은 어쩌고?

부모님한테는 호주에서 영주권 따고 식 올리겠다고 하자. 안 그래도 어릴 때부터 웨딩드레스 입고 '신부 입장!' 하는 그거, 너무 하기 싫었거든.

갑작스럽다……. 생각해 볼게.

잘 생각해. 우리 나이에 신행 비행기 같이 안 타면 각자 이별 택시 타야 해.

펄펄 끓는 감자탕에 소주 한잔까지 하면서 거부할 수 없는 달콤한 도피를 제안했으나, 소화 기관을 뺀 모든 장기가 콩알만 한 와이는 나의 프러포즈에 선뜻 응하지 못했다. 하지만 곧 받아들일 거라는 걸 알았다. 내가 김연우의 〈이별 택시〉를 부를 때 그의 얼굴이 이미 사색이 되어 있었기 때문이다.

어디로 가야 하죠, 아저씨. 우는 손님이 처음인가요. 달리면 어디가 나오죠.

빠른 결정을 내리지 않으면 이 노래 속 주인공이 미래의 당신이라는 걸 비장하게 예언했다. 예상한 대로 프러포즈 승낙을 받는 데는 오래 걸리지 않았다. 그에게 나의 예언은 1999년 횡행하던 노스트라다무스의 지구 종말 예언과 Y2K 버그보다 더 무서운 것…이 아니라 그가 막 세 번째 직장을 퇴사했기 때문이었다. 3번이나 퇴사할 정도면 일하는 사람에게 문제가 있는 게 아닌가, 하고 의문 가지실 분들을 위해 와이의 퇴사 이력서를 잠깐 살펴보겠다.

A 진보 언론 미디어 회사

입사 동기: 진정한 언론인으로서의 포부.

퇴사 이유: 취재는 시간 낭비, 있는 기사 '복붙' 하며 시민 후원금 낭비, 주 6일 근무, 진보를 지향하지만 전혀 진보적이지 않은 회사 분위기.

B 구청 사내 방송 PD

입사 동기: 공무원에 맞춰 주 5일 근무, 정시 출퇴근.

퇴사 이유: 예산이 부족하다며 첫 달 월급을 면접에서 얘기한 것보다 적게 줌.

C 고급 일식 레스토랑

입사 동기: 요리사로서의 경력 시작.

퇴사 이유: 오전 10시부터 밤 10시까지 근무, 주 1일 휴무, 퇴근이 10시인데 새벽까지 회식.

평범하고 상식적인 동기로 입사해 비상식적인 환경 속에서 퇴사한 그의 이력은 지금 봐도 씁쓸하지만, 덕분에 우리는 새로운 삶을 꿈꿀 수 있게 되었다. 긴 여행을 눈앞에 두고 있는 사람처럼 마음이 콩닥거렸다. 유난히 춥던 2015년 새해 겨울, 혼인 신고를 하러 동대문구청에 갔다. 추워서 그런 건지, 긴장돼서 그런 건지 와이는 벌벌 떨면서 구청 앞에서 내게 121번쯤 같은 질문을 해 댔다.

정말 괜찮겠어? 진짜 이거 맞는 거지? 아니, 좋긴 한데, 좋아. 근데 너 평생 후회 안 할 자신 있어?
저기… 나 출근 시간 늦었는데, 꾸물거리지 말고 얼른 들어가자.

혼인 신고는 10분도 채 안 되어 끝이 났다. 서류 한 장으로 단 몇 분 만에 부부가 될 수 있다는 게 기이했다. 혼인 신고를 하자마자 와이가 마치 오래 기다렸다는 듯이 나를 여보라고 부르는 바람에 기겁을 했다. (여보라니… 제발…….)

구청 앞에서 와이와 헤어지고 출근하는 지하철 안에서 내 인생이 도대체 어떻게 흘러가는 것일까 뒤늦은 상념에 빠졌다. 결혼을 하다니. 와이 말대로 정말 후회 안 할 자신 있을까. (벌써 좀 후회되는 것 같은데.)

왜 더 늦었냐는 사장님의 질문에 혼인 신고를 하느라 늦었다고 했다. 어이없어했지만, 사장님과 동료들은 결혼 축하 인사를 건넸다. 신입 직원이 안 친한 사람 결혼식에 가서 축의금을 내지 않아도 되어 좋다고 했다. 나도 좋았다. 내 인생 최고의 이벤트 소식이 누군가에게는 부담스러운 초대장이 되기도 하는 게 현실이었다.

호주에서 돌아와 이 회사, 저 회사 방황하다 세 번째로 정착해 1년간 꾸준히 만족하며 다니던 회사였는데 막상 그만두려니 아쉬웠다. (아, 인간의 간사함이란.) 학자금 대출이 남아 있던 나는 한두 달 더 회사에 다녔고 호주 요리학교 입학을 앞둔 와이는 대학 도서관에 가서 영어 공부를 시작했다. 대학생들 사이에 끼어 공부하는 덩치 큰 만학도를 상상하니 마음이 짠했다. 회화 공부를 위해 화상 영어도 시작했는데 영어권 선생님은 수강료가 비싸서 필리핀 선생님에게 배워야 했다.

수업은 할 만해?

오늘은 '나는 왜 한국을 떠나는가'에 관해 이야기했어. 얘길 정말 잘 들어 주셔. 위로가 많이 되더라고…….

공감 능력이 뛰어난 필리핀 선생님의 가르침 덕분에 와이는 요리 학교 입학에 필요한 영어 점수를 얻게 되었고, 새 학기 한 달 전 호주로 가는 비행기에 몸을 실었다. 좋았지만, 두렵기도 했다. 또다시 내 인생이 앞으로 어떻게 되는 건가, 고뇌에 빠질 때마다 와이가 자꾸 "여보, 여보" 해서 나를 질색하게 했다.

여보라고 하지 마. 이상해, 닭살 돋아.
그럼 여보를 여보라고 하지, 뭐라고 해.

티격태격하는 사이 비행기가 붕 하고 이륙했다. 창밖 아래로 한국 땅이 점점 멀어지더니 이내 구름으로 가득했다. 호주에서의 삶이 앞으로 어떻게 펼쳐질지 알 수 없었다. 당시로서는 날씨가 맑다는 것, 비행기가 추락하지 않고 무사히 잘 가고 있다는 것, 기내식이 형편없이 맛없었다는 것, 배에 가스가 차서 곤란해지고 있다는 것, 그리고 나를 여보라고 부르는 데 쑥스러워하지 않는 와이가 있다는 것만이 확실했다.

부라보, 무주상보시

우리 아들, 딸 결혼할 때는 축의금을 일절 받지 않을 거야.

아빠가 입버릇처럼 하던 말이었다. 당신이 그동안 낸 축의금과 앞으로 낼 축의금까지 모두 '무주상보시'無住相布施라고 했다. 불교에 심취해 밤낮으로 법문 테이프를 듣던 아빠는 무주상보시(상相에 머물지 않고 조건과 대가를 바라지 않는 베풂)라는 말을 좋아했다. 쉽게 말하면 '내가 주고 싶으면 주고 안 주고 싶으면 마는 거지, 내가 줬는데 넌 왜 안 주느냐, 나도 줄 테니 너도 줘라, 네가 주지 않으면 나도 안 주겠다, 하는 구질구질한 태도를 멀리하라'는 의미다. (아마도……) 우리가 혼례를 생략하면서 아빠의 축의금 없는 결혼식에 대한 꿈도 사라졌다. 엄마가 아빠를 향해 눈을 흘겼다.

거 봐, 내가 말조심하라고 했지.

그러게, 말이 씨가 됐네.

　고향이 같은 나의 부모는 1986년 10월 19일, 강원도 평창의 예식장에서 결혼식을 올렸다. 화창한 가을, 오일장이 열리던 날이었다. 엄마는 예식장 밖에서 들려오던 '달달달달' 경운기 소리로 그날을 기억했다. 배 속에는 제법 사람 형태를 갖춘 내가 꼬물거리고 있었다. 만삭의 신부 몸에 맞는 웨딩드레스는 없었다. 드레스 뒤에 달려 있는 지퍼가 잠기지 않아 임시방편으로 천을 덧대 이어 붙인 신부의 속도 모른 채, 신랑은 저도 모르게 배실배실 삐져나오는 웃음을 참고 있었다.

　결혼식이 끝나고 하객들은 동네 사람들이 손수 만들어 온 음식을 나눠 먹었다. 신랑 측 하객들은 배고픈 것도 잊고 신랑의 두 발을 묶어 땅바닥에 눕혔다. 지금은 사라진 결혼식 뒤풀이 문화, 발바닥 타작이 시작된 거였다. 타작에 나선 이들은 결혼할 때 새신랑에게 발바닥을 호되게 맞은 친구들이었다. 복수심으로 무장한 친구들은 자비 없이 새신랑을 응징했다. 매를 맞은 신랑의 발바닥이 파랗게 멍이 들고 퉁퉁 붓는 바람에 두 사람은 신혼여행은커녕 예식장을 빠져나가는 것도 힘든 지경에 이르렀다. 첫날밤 새신랑은 발바닥이 아파 끙끙 앓았고 새 신부는 얼음을 가져와 찜질해 주었다. 결혼식 일주일 후에야 동네 이웃이 빌려준 차를 끌고 경포대로 신혼여행을 갔는데 발바닥이 낫지 않은 새신랑은 얼른 집에 가자고 졸랐다. (요즘 같으면 이혼감인데…….)

세월의 힘인 건지, 엄마는 엉엉 울고만 싶었을 엉망진창 결혼식을 웃으며 추억했다. 정말로 우스운 결혼식이었다고. 묘하게 활기가 넘쳤던 결혼식이었다고. 그러면서 아빠와 함께 걸었던 경포대 해변의 풍경이 아직도 생생하다고 했다. 철썩거리는 파도의 물거품을 오래 바라보면서 곧 태어날 배 속의 아이가 나중에 자라면, 자신이 했던 결혼식보다 나은 결혼식을 할 수 있길 바랐다고 했다.

와이와 나는 지리산 사찰에서 결혼반지를 나눠 끼는 것으로 결혼식을 대신했다. 특별한 해프닝은 없었다. 우연인지, 엄마처럼 나도 결혼하던 날을 소리로 기억하고 있다. 바람에 흔들리던 풍경 소리, 목탁을 두드리며 염불을 외시던 스님 목소리, 절에 사는 두 마리의 개, 장수長壽와 무심無心이가 왕왕 짖던 소리. 장수와 무심이를 쓰다듬으며 우리는 서로 바라는 마음 없이 오래오래 함께 살자고 약속했다. 엄마 아빠의 결혼식에 비하면 어딘가 싱겁고 심심한 이야기지만, 30년 전 자식이 더 나은 결혼을 했으면 하는 엄마의 바람은 이루어진 셈이었다.

양가 부모님 상견례는 결혼식이 끝나고 나서야 진행되었다.

장소는 부산의 일식집이었다. 무슨 얘길 나눴는지 잘 기억에 남지는 않지만 "우리 딸이지만 성격이 좀 까칠해요. 가끔 나도 어려워요" 하던 아빠의 말과 "우리 아들이지만 머리가 너무 커서……. 머리가 커서, 아는 건 많아요" 하던 시아버지의 말만 뇌리에 강하게 박혀 있다. 상견례 분위기는 전체적으로 편안했다. 양가 부모님은 존재하는 줄 몰랐던 형제자매를 길에서 우연히 만난 것처럼 반가워했다.

처음 만났는데 원래 알던 사람인 것처럼 왜 이렇게 편안한 거죠?
그럼 언니 삼으면 되겠네.

시어머니가 엄마에게 '내 동생' 같다고 하고 엄마가 시어머니에게 '언니 삼겠다'라고 했다. 역시 어른들은 선의의 거짓말에 능숙했다.

식사를 마치고 후식으로 차를 주문할 수 있었는데, 모두가 매실차를 주문한 가운데 나는 오미자차를 달라고 했다. 아빠가 웃으면서 원래 이런 데서는 통일하는 거라고 했고 나는 기어코 오미자차를 마셨다. 아빠가 '고놈 고집 하고는' 하는 얼굴로 웃었다. 부모님은 30년 넘게 내가 하는 결정에 한 번도 반대해 본 적 없으셨다. 물 흐르듯 자연스럽게 상견례가 진행되는 걸 보니 와이의 부모님도 마찬가지이신 듯했다.

상견례 이후, 와이와 내가 호주로 떠나기 전에 서로 얼굴 한 번 더 봐야 하지 않겠냐며 친정 부모님이 시가 부모님을 집으로 초대하셨다. 갈빗집에서 1시간 만에 소주를 8병이나 비웠다. 우리는 한 잔도 마시지 않았다. 지금 빈 소주병을 돌이켜 보니 네 분 다 마음이 복잡하지 않으셨을까 하는 생각이 든다.

누가 누군지 분간할 수 있을 정도로만 취한 상태에서 '부라보 노래 연습장'에 갔다. '브라보'가 아니고 '부라보'라니. 노래 연습장 간판이 우리의 결혼을 격하게 축복해 주는 기분이 들었다. 그 자체로 함축된, 세상에서 가장 짧은 주례사 같았다.

신나는 노래에 탬버린을 치고 발라드가 나올 때는 블루스를 췄다. 블루스를 추는 시아버지와 아빠의 스텝이 오래전에 맞춰본 것처럼 자연스러웠다. 노래를 못 한다고 앉아만 계시던 시어머니도 흥에 못 이겨 결국 한 곡조 뽑으셨다. 2002년 월드컵 때 느꼈던 흥분이 재현되는 듯싶었다. 눈앞에 펼쳐지고 있는 이 노래방 장면이 갑자기 영화 속 슬로 모션처럼 느리게 흘러가는 듯했다. 꿈에 그리던 양가 부모님을 위한 화합의 장이 바로 이런 거였다는 생각과 함께.

우리 인생의 새로운 막이 지금 여기, '부라보 노래 연습장'에서 열리고 있었다. (노래방) 무대에 선 여섯 사람의 머리 위로 희미하게 핀 조명이 내려올 것만 같았다. 조용하게 음악이 흘러나

오자 엄마와 시어머니가 손을 잡고 "우리 아들, 딸아" 하면서 잔잔하게 노래를 시작하셨다. 시아버지와 아빠가 블루스를 추었고 나와 남편은 엇박자로 탬버린을 쳤다. 이로써 어디에서도 볼 수 없었던 개성 있는 뮤지컬 한 편이 시작된 것이다. 우리끼리 즐거워서 하는 공연이었고 관객은 아무도 없다. 공연의 제목은 '부라보, 무주상보시'. 오랫동안 자식들의 조연으로 살아온 부모님들이 이 공연의 주인공이어야 했다.

불교 용어는 말로 설명할수록 본래 의미에서 멀어진다. 누가 내게 무주상보시가 무엇이냐고 물어보면 중언부언하다가 결국 제대로 대답하지 못할 것이다. 어떤 지식은 머리가 아니라 마음으로 전해지기도 한다. 무주상보시를 묘사할 정확한 언어를 찾으려 할 때마다 나는 오일장 열리던 날, 작은 예식장에서 평생 가약을 맺었던 신랑신부를 떠올려 본다. 달달거리는 경운기 소리와 지퍼가 잠기지 않는 새하얀 웨딩드레스, 동네 이웃이 준비한 정성스러운 결혼식 음식과 시퍼렇게 멍든 발바닥 그리고 늦가을 경포대 해수욕장과 그곳에서 했던 새 신부의 다짐을 떠올린다. 결혼식을 치르기도 전에 부모 될 준비를 해야 했던 젊었던 내 부모와 그들이 함께 살아온 30년의 세월을 가늠할 때마다 모호했던 무주상보시라는 말의 정체가 비로소 선명해진다.

꿈, 이뤄지든지 말든지

'열정'과 '꿈'에 대해 말하는 게 유행일 때가 있었다. 꿈이 없는 사람도 어떻게든 꿈을 만들어야 할 것 같은 압박에 시달렸다. 꿈은 생계보다 고상한 것이었으니까. 내게도 꿈을 종교처럼 믿으며 '꿈을 가지세요' '꿈은 이루어집니다' 하는 화려한 설교를 전파하는 교주들을 찾아다니던 흑역사가 있다.

내 꿈은 다큐멘터리 방송 작가였다. 스물넷의 나는 세상 물정은 하나도 모르고 인류애라는 것이 차고 넘칠 때여서 〈KBS 인간극장〉이나 〈다큐 3일〉 같은 휴먼 다큐멘터리 작가가 되고 싶다는 구체적인 꿈이 있었다. 인생의 희로애락을 담은 휴먼 다큐야말로 다큐멘터리의 꽃이라고 생각했다. 대학을 졸업하고 방송 아카데미에 등록했다. 대기업에 입사해 안정된 삶을 추구하는 동기들을 보며 우월감에 사로잡혔다. 꿈은 생계보다 우아한 것이었으니까.

방송 작가가 되고 싶지만 어디서 시작해야 할지 모르는 사람들에게 방송 아카데미는 배움의 현장이라기보다 취업의 발판으로 기능했다. 우리가 지불한 것은 엄밀히 말하면 수강료가 아니라 취업 알선료가 아닐까 하는 생각이 스멀스멀 올라왔지만, 그런 내색을 해 봐야 별로 득 될 건 없어 보였다. 현역 방송 작가이자 아카데미 강사에게 '똘똘하고 센스 있는 막내'의 자질을 인정받아야 방송국 일자리를 소개받을 수 있었기 때문에 우리는 필력뿐 아니라 막내로서의 싹싹함도 탑재하고 있어야 했다.

방송 작가가 되기 위해 지방에서 올라와 고시원에 지내며 공부하는 친구들도 있었다. 대학을 중퇴하고 아르바이트를 하며 수강료를 내던 스무 살 동생도 있었고, 계약직 공무원을 그만두고 온 언니도 있었다. 작가를 꿈꾸는 사연은 저마다 달랐지만 꿈을 향해 나아가는 길은 모두에게 똑같이 버거웠고 때로는 비참했다. 강사는 우리의 형편없는 작문 실력에 "너희 이래서 어떻게 작가가 될래?"라며 한숨을 쉬었고 방송 작가로 성공한 제자의 에피소드를 들려주었다. "그 친구는 처음부터 남달랐어. 과제 해 온 것만 봐도 '얘는 되겠다' 싶었으니까" 하는 얘기를 지금 들었다면 '그래서 어쩌라고요' 했겠지만, 순진무구했던 그때는 '우리도 언젠가 그들처럼 꿈을 이룰 수 있겠지' 희망 고문을 했다.

수업이 끝나면 우리는 다 같이 마을버스를 탔다. 수업 분위기가 좋았던 날에는 수다와 웃음이 끊이지 않았고, 강사의 한숨 소리만 들은 날에는 말없이 조용했다. 침묵의 공백에는 불안과 자조가 들어섰다. 우리에게 과연 재능이 있을까, 될 성싶은 나무는 떡잎부터 알아본다던데. 간절히 이루고 싶은 꿈이 있는 사람에게 꿈은 우아하지도, 고상하지도 않았다. 꿈이 믿음, 소망, 사랑이 넘치는 성령 충만한 할렐루야 같은 것인 줄로만 알았는데, 실제로는 나를 불안하고 자책하게 만들며 사회로부터 고립시킨 채 영혼을 축내고 돈만 쓰게 하는 사이비 종교로 변질해갔다.

마을버스는 항상 목동 야구장을 지나갔다. 야구에는 별로 관심 없었지만 야구장을 뛰고 있을 얼굴과, 이름 모를 젊은 선수들에겐 관심이 갔다. 누군가 관중의 환호를 받으며 화려하게 구장을 누비고 있을 때, 벤치에 가만히 앉아 발가락을 꼼지락거리며 이름 불리기만 기다리고 있는 누군가를 상상하며, 묘한 동질감을 느꼈다. 나는 슈퍼스타도 아니고 벤치 선수도 아닌, 그저 관객으로 살고 싶었다. 만사태평한 얼굴로 시원한 맥주에 닭 다리를 뜯으면서 한쪽을 응원하다가 경기가 끝나면 다음 경기 관람을 기다리며 잠드는 맘 편한 관객.

'그런데 왜 아무도 그런 삶은 훌륭하다고 얘기하지 않는 걸까.'
'모두가 슈퍼스타가 될 수 있다고 바람을 넣는 걸까.'

'세상 사람 모두가 야구를 잘해서 슈퍼스타가 되면 관람석은 누가 지키지.'

관객 없는 조용한 구장에서 홈런을 날리는 슈퍼스타를 생각하니 어쩐지 꿈이란 개념이 더 허망하게 느껴졌다.

인생 멘토라고 불리던 많은 어른은 '꿈은 반드시 이루어진다'라고 했다. 생각해 보면 그들은 이미 대중 앞에서 그런 이야기를 할 수 있을 만큼은 성공한 사람들이었다. 우리에게 필요한건 성공한 어른들의 조언보다, 꿈이 꼭 이루라고 존재하는 건 아니라는 깨달음 아닐까. 화려한 스포트라이트를 받으며 홈런을 날리는 인생만큼이나 스포트라이트 밖에서 홈런을 응원하고 박수를 보내는 삶도 훌륭하다는 사고의 전환이 필요하지 않을까. 과거로 순간 이동할 수 있다면 두 눈 반짝이며 절박한 마음으로 작가가 되길 꿈꾸던 우리에게 이런 메시지를 전해 주고 싶지만 아무도 관심 있어 하지 않을 것 같다.

과거에 내가 꾸던 꿈들은 이제 사라졌다. 없다가도 생기고 있다가도 사라지는 것. 꿈이란 그런 거였다. 그때나 지금이나 달라진 것 하나 없는 방송 작가의 노동 환경을 접하게 되면 진작 그만두길 잘했다는 생각마저 든다. 지금의 나는 생계를 안정적으로 책임지는 일이 꿈만큼 고상하다고 생각하고 충분한 월급과 정시 퇴근도 꿈만큼 우아하다고 믿고 있다. 꿈이 꼭 직업일 필요가 없다는 것도 알게 되었다.

그때 가지고 있던 꿈 중에 아직 간직하고 있는 꿈이 있기는 하다. 그것은 언젠가, 원조 얼굴 천재, 원빈 배우를 만나는 것······. 세상의 톱top이 되는 대신, 그가 나오는 티오피T.O.P 커피 광고 10년 치를 반복 재생하며 황홀해하는 삶도 나쁘지 않다.

다 살아집디다

'열정페이' 받으면서 사회생활을 시작해 변변치 않게 살다가 나이 서른 돼서야 겨우 빚을 청산한 나 같은 사람도 있다는 것이 누군가에게는 희망이 되길 바라는 마음으로 이 글을 쓴다.

호주에 도착한 지 3달이 되어 갔을 때 회사에서 퇴직금이 들어왔다. 곧바로 100만 원 정도 남아 있던 학자금 대출금부터 상환했다. 대학교를 졸업한 지 6년 만이었다. 지난 6년간 온라인 뱅킹에 접속해 '일부 상환'으로 찔끔찔끔 갚아 왔는데 드디어 '완제'를 클릭할 수 있었다. 대출 내역에 '조회하실 내역이 없습니다'라는 문구가 떴을 때의 쾌감이란 정말이지 대단했다. 10년쯤 묵은 숙변을 싼 듯 홀가분했다.

뭘 믿고 그랬는지 모르겠지만 대학만 졸업하면 대출금 '따위' 금방 갚을 수 있는 사람이 될 거라고 생각했다. 연봉 많이 주는 회사에 들어가겠다고 마음먹은 것도 아니었으면서 막연히 그렇게 생각했다. 아니면 복권에라도 당첨되는 행운이 내 인생에 있지 않을까 기대했는지도 모른다. 다만 세금 떼고 98만 원 받는 사회인이 될 줄은 꿈에도 예상하지 못했다. 회사 다니는 것보다 아르바이트를 몇 개 뛰는 게 나을 것 같았지만, 아르바이트에는 98만 원짜리 일자리에 있는 희망(언젠가 월 천만 원을 버는 스타 작가가 될 수 있다는 여지)이 없었다. 나는 궁금했다. 대출금은 언제 다 갚을 수 있을까. 왜 나는 복권 1등에 당첨되지 않는가. 100만 원이면 100만 원이지, 98만 원은 또 뭔가. 98만 원 주고 하라는 건 왜 이렇게 많나. 앞으로 내 인생은 진화할까, 퇴화할까.

분명 진화된 부분도 있었다. 네 발로 걷는 인간에서 두 발로 걷는 인간이 되었다. 술을 끊은 것이다. 술을 끊고 대출 이자를 냈다. 빚 없이 사회생활을 시작해 번 돈을 차곡차곡 모아 가는 또래들이 부러웠다. 어떤 사람은 대학을 취업학원이라고 조롱하기도 했지만, 인문대생이었던 내게 대학은 그저 '등골 브레이커'였다. 이명박 정부 때는 학자금 대출 금리가 6~7%에 달했으므로 내가 낸 이자만 해도……. (아, 계산하지 말아야지.)

부모님 집에 기숙하며 98만 원 중 40만 원씩 다달이 모았다. 하지만 적금 만기가 됐을 때 대출금을 갚으려니 갑자기 억울한 마음이 들어서, 그 돈을 들고 인도에 갔다. 그리고 두 달 동안 다

써 버렸다. 호주 워킹 홀리데이 때 번 돈으로 학자금 대출의 3분의 1 정도를 상환했고 일부는 부모님께 드렸다. (효녀라서가 아니라 부모님이 내준 대학 등록금을 별도로 상환한 거였다.) 한국으로 돌아와 다시 취직했을 때 월급은 150만 원이었다. 와이와 같이 살며 매달 90만 원, 100만 원씩 독하게 갚아 나갔다. 그렇게 바짝 1년을 보내고 나니 끝이 보이기 시작했다.

학자금 대출 때문에 고통스러울 만큼 힘들었나 생각하면 꼭 그렇지도 않았다. 대출금이 있었지만 해외여행도 했고 사랑도 했고 결혼도 했다. 술을 끊고 인간다워졌다. 지금은 외국에 살고 있다. 한국에서 책도 냈다. 호텔 레스토랑에 앉아 플랫 화이트를 마시며 글을 쓰고 있는 지금, 이만하면 성공한 인생 같다('오늘의 작업 공간'이라는 멘트와 함께 카페 사진을 인스타그램에 올려 허세력이 +1 되었다). 돈 없어서 못 한 건 별로 없었다. 애초에 내가 행복감을 쉽게 느끼는 효율 좋은 인간이기도 하다.

빚 때문에 올바른 소비 습관과 가치관을 기를 수 있었다(고 의미 부여를 해 본다). 빚과 함께 10년 정도 살다 보면 자연스럽게 미니멀리즘을 실천하게 된다. '설레지 않는 것은 버려라' 하고 외치는 곤도 마리에 선생님이 우리 집에 온다면 미니멀리즘의 모범 사례로 꼽을 것이다. 빚 덕분에 나는 제한된 생활비 내에서 불필요한 소비를 자제하는 능력, 악착같이 절약만 하는 소비 패턴과 뒷감당 생각 안 하고 펑펑 써 버리는 소비 패턴 사이 어디쯤 있는 능력을 장착했다.

타인이 만들어 놓은 기준에 따라 살면 안 된다는 것 또한 빚이 가르쳤다. 비싼 등록금 내고 대학에 입학한 건 정말 하고 싶은 공부가 있어서가 아니었다. 그냥 남들이 다 가니까, 대학교 졸업장을 '따기 위해서'였다. 현재의 나는 과거와 달리 돈을 지불할 때 소비재가 내게 정말 필요한지 아닌지를 면밀하게 구분할 줄 알게 되었다. 돈과 돈에 대한 욕망을 성찰하면서, 인간은 돈이 없어서 추해지는 경우보다 돈이 많아서 추해지는 경우가 더 많다는 발견도 할 수 있었다. 빚을 알지 못했다면 나는 돈도 알지 못했을 것이다.

학자금 대출이라는 인생 수업료를 지불하며 앞으로는 빚 지지 않는 인생을 살겠다고 다짐했다. 부동산 중개사가 빚내서 집 사라고 유혹해도, 자동차 딜러가 빚내서 랜드크루저를 사라고 유혹해도, 나는 '열정페이'와 학자금 대출, 이명박근혜를 떠올리며 굳건히 참아 낼 것이다.

학자금 대출을 상환하고 4년 후, 나는 덜덜거리는 중고차를 팔고 새 차를 샀다. 출퇴근하기에 좋고 근교로 여행 가기에 안성맞춤인 소형차를 무려 일시불로 구매했다. 집 앞마당에 주차되어 있는 새 차를 내다보며 와이와 나는 서로 어깨를 두드리며 자

랑스러워한다. 앞으로 짊어져야 할 노동의 부담으로 다가오는
대신, 우리가 열심히 일한 흔적이 담긴 온전한 선물로 느껴진다.

　　장기적인 안목으로 봤을 때 '빚은 투자'라며 대출을 권유하
는 자본주의 사회에서 나는 빚 없는 삶을 꿈꾼다. 언젠가 새집도
일시불로 살 수 있는 날을 그려 본다······.

충 분 하 다 는 말

영어를 처음 배우기 시작한 때는 열한 살 무렵이었다. 그때 나는 'A, B, C, D, E, F, G…' 하는 알파벳 노래 정도를 아는 수준이었고 M 다음이 뭔지 몰라 항상 노래를 끝까지 부른 적이 없었다. 그런데 같은 반 친구 한 명이 놀랍게도 영어 단어를 읽을 줄 알았다. "넌 어떻게 영어를 그렇게 잘하니?" 물으니 영어 학습지 '윤선생 영어교실'을 하고 있다고 했다. 집에 가자마자 엄마를 졸라 나도 '윤선생 영어교실'을 신청했다. 신박해 보이는 건 다 해 봐야 직성이 풀리는 애였다.

학습 교재를 펼치면 제일 먼저 귀여운 판다가 보였다. 교재와 세트인 학습 테이프를 재생하면 "Hello everyone" 하는 판다의 목소리가 흘러나왔다. 미지의 세계를 모험하는 판다는 새로운 친구를 만나거나 길을 잃었고 종종 위험에 빠지는 와중에도 'P'에서는 'ㅍ' 소리가 난다는 것, 'R'에서는 'ㄹ' 소리가 난다는 걸 가르쳐 주었다.

A부터 Z까지 펼쳐진 판다의 여정이 모두 끝나고 나니, 비록 의미까지는 몰라도 웬만한 영어 단어나 문장을 더듬더듬 읽을 수 있게 되었다. 알파벳을 하나하나 조합해 하나의 단어와 문장을 만들 수 있다는 것은 초등학생 아이에게 더없이 신기하고 놀라운 경험이었다. 영어에 대한 남다른 애정 때문에 엄마는 내가 외교관이나 통역사가 될 줄 알았다고 했다. 하지만 중학생이 되면서 열정은 급격하게 식었다. '아이, 마이, 미, 마인, 유, 유어, 유, 유어즈' 주격 변형을 기계처럼 외우기 시작하고 STUDENT에서 'E'를 빠뜨리면 빨간 줄이 죽 그어지는 경험을 하고부터 영어는 재미없는 놀이가 되어 버렸다.

나는 이제 겨우 알파벳을 뗐는데《해리 포터》를 원서로 읽고 있는 학급 친구를 보며 남모르게 좌절했다. 자극을 받고 더 열심히 영어를 배웠으면 지금 외교관이 되었을지도 모르지만, 어린 시절에도 나는 내 안의 질투와 경쟁심을 감당하지 못해 '다른 거 잘하면 되지' 하고 포기해 버리는 사람이었다.

90년대 후반, 김영삼 대통령이 '올해를 세계화의 원년으로 만들자'고 호소한 이래 영어 사교육 광풍이 불면서 영어는 생존과 경쟁의 도구가 되었다. 부모들은 아이들의 유창한 발음을 위해 혀 밑에 있는 얇은 조직을 절개하는 수술을 감행하기도 했다.

영어가 의사소통 수단이라는 사실을 다들 까맣게 잊어 가는 듯했다. 언어의 본질과 상관없이 영어는 무조건 '잘해야 하는 것'이었다.

알파벳을 처음 떼던 열한 살의 내가 영어를 구사하는 지금의 나를 본다면 놀라 자빠질 것이다. 지금의 나는 거의 모든 의사소통이 영어로 가능하다. 하지만 그럼에도 불구하고 '아직 멀었어' 다그치고 '더 잘해야 한다'고 압박한다.

이웃집에 사는 호주 친구가 "너는 한국말을 할 때와 영어를 할 때 성격이 다르니?"라고 묻기 전까지 내게 '영어를 하는 자아'가 있다는 걸 인식하지 못했다. 생각해 보니 그 둘은 서로 많이 달랐다. 우선 '한국어 하는 나'는 할 말을 다 해야 직성이 풀리는 성격이다. 무례한 사람 앞에서는 "당신 무례하다" 말하고 부당한 대우를 받으면 "이것은 부당하다" 이야기한다. 적당한 말을 적절한 타이밍에 하는 스킬도 어느 정도 있다(고 본인은 생각한다). 넘어서는 안 될 선을 고려하며 상대방과 다른 내 의견도 피력할 줄 안다(고 이것 또한 본인은 믿고 있다).

그러나 '영어 하는 나'는 무례하고 부당한 일을 당해도 어쩐지 그냥 넘어간다. 어느 타이밍에 어떻게 이야기해야 할지 애매하다고 생각한다. 상대방과 의견이 다를 때 내 의견을 피력하는 대신 그냥 웃고 만다. 오해가 생길까 두렵고 익숙하지 않은 언어로 구구절절 설명하는 것도 귀찮다. 종종 말수가 적어 부끄럼이 많은 사람이라는 이미지를 얻기도 한다. 물론 한국어를 할 때도 말수가 많다고는 할 수 없지만, 하고 싶지 않아서 말하지 않는 것과 하고 싶은데 하지 못하는 말은 큰 차이가 있다. '영어를 하는 나'는 어쩐지 더 무르고 심약하며 수동적이다.

때로 '한국어 하는 나'는 '영어 하는 나'를 엄격하게 다그치기도 한다. 실수 없이 버벅대지 않고 자연스럽고 유창하게 해낼 수 없겠냐고, 영어를 배우기 시작한 게 20년 전인데 아직도 이 정도밖에 못 하다니. 애 마르고 답답해하는 한국어 하는 자아와 엄한 부모님에게 혼나는 아이처럼 주눅 드는 영어 하는 자아가 내 안에 공존한다. 지킬 앤드 하이드가 울고 갈 이 자아 분열의 간극을 어떻게 좁혀야 할까.

듣기 쓰기 위주의 대한민국 주입식 영어 교육만을 탓하고 싶진 않다. (남 탓은 끝이 없으니까.) 스스로 '영어 하는 나'가 어린아이 같다고 느낀 것은 내 영어가 부족해서가 아니라 잉어를 대하는 나의 미성숙한 태도 때문이었다는 걸 깨달았다. 영어를 할 때 나는 문법이나 발음이 틀리지 않을까 실수를 두려워했고, 유창한 영어를 구사하고 싶어서 애써 한국어 억양을 숨겼으며, 누군가 내 영어에서 한국어 억양을 발견했을 때는 실망했다. 미안해 할 일이 아닌데 자꾸 "쏘리"라고 말했고 영어 앞에서 아무 이유

없이 쪼그라들고 소심해졌으며 언어 때문에 무시당한 것 같아 서러워하고 분노했다. 그러면서도 '나 이만큼이나 영어 잘할 수 있다'고 과시하고 싶어 했다.

있는 그대로 나 자신을 인정하지 못하고 더 잘하고 싶어서 조급해했고, 그만큼 잘 해내지 못하면 좌절했다. 그러다 보니 이제 막 말을 배우기 시작한 아이처럼 타인과 소통이 원활하지 못했고 내가 하고 싶은 말을 제대로 못 하면 답답해서 떼를 썼다.

그런 내 모습을 받아들이고 개선하기 위해 스스로에게 '이 정도면 충분해'라는 말을 자주 했다.

'한국인이 이 정도 영어 하면 충분하지, 뭘 더 어떻게 잘해. 영어로 이 정도 의사소통되면 충분하지, 뭘 더 바라.'

'이 정도면 충분하지'라는 말은 주문처럼 나를 편안하게 했다. 영어에 녹아 있는 한국어 억양과 말투는 나만의 개성처럼 느껴졌고, 말의 속도가 느린 건 언어가 미숙하다는 방증이기보다 상대를 배려하는 일이 될 수 있다는 것을 깨달았다. '이 정도 충분히 영어를 잘한다'라고 생각하니 무례하거나 부당한 일을 당했을 때 차분하게, 때론 단호하게 해야 할 말을 다 할 수 있었다.

잘하는 것이 당연한 세계는 많지만 못하는 것이 당연하게 받아들여지는 세계는 드물다. 곳곳에 존재하는 '보이지 않는 우열

반'에서 열등반 사람은 우등반으로 올라가기 위해 발버둥 치거나 무력감에 자포자기하고 우등반 사람은 열등반을 보며 우월감을 느끼거나 더 월등해지고 싶어 안달한다. 더 잘하려고 애쓰기보다 부족한 대로 살아갈 수 있는 세계에서 살고 싶다. 나의 능력을 과소평가하지 않는 것, '이 정도면 충분하다'라 되뇌는 것이 그런 세계를 만들어 가는 시작일지도 모르겠다.

알 아 서 관 리 하 지 않 는 사 람

중학교 시절 내 얼굴은 사우디아라비아 부럽지 않은 산유지였다. 파란색 기름종이로 얼굴을 문지르면 기름종이는 금방 투명해졌다. 혈기왕성한 사춘기, 넘치는 호르몬으로 얼굴에는 여드름이 가득 피었다. 여자애 얼굴이 그래서 어쩌냐, 피부과에 가봐야 하는 것 아니냐 하며 오지랖 넓은 걱정을 하는 사람들이 한둘이 아니었다.

여드름이 신경 쓰이긴 했지만 거울을 보지 않으면 그만이었다. 하지만 주변인은 굳이 거울을 자처해 내 피부를 지적했다. 그들은 내게 피부만 좋으면 더 예뻐질 거라고, 여자에겐 피부가 생명이라고 했다. 그들 말에 의하면 티 없이 맑고 투명한 우윳빛 피부를 갖지 못한 여자는 생명이 없는 것과 다름없었다.

오지랖 넓은 사람들의 염려 덕택인지, 고등학생이 되면서 여드름이 어느 정도 사라졌다. 특별한 방법이 있는 건 아니었다.

얼굴이 번들거릴 때마다 오이 비누로 세수를 한 게 다였다. 피부과에 막대한 돈을 지불하지 않고도 피부는 자연스럽게 회복되었는데, 10대 시절이었기 때문에 가능했던 것 같다. 최악의 피부 상태에서 벗어난 내게 건강한 피부란, 흠결 없이 매끈한 피부가 아니라 여드름 때문에 통증을 겪지 않아도 되는 상태의 피부였다. 하지만 사람들 눈에 여전히 나는 피부 관리를 소홀히 하는 '무신경한 여자'였다. 노화에 대비해 아이크림을 바르지 않는 것, 얼굴에 난 뾰루지를 흉터가 남도록 방치해 버리는 것, 에센스와 영양 크림으로 얼굴에 수분 공급을 제대로 하지 않는 것에 대해 어떤 이는 마치 사회 규범을 어긴 것처럼 대했다.

강남역 지하상가를 지나갈 때마다 나를 불러 세우던 피부과 영업사원들이 떠오른다. 그들은 내게 지금도 예쁜데 피부만 좋으면 더 예쁠 거라고, 20대 피부가 그래서 되겠냐고, 내 피부 나이는 지금 50대라고 했다. 낯선 사람이 면전에 대고 그런 말들을 아무렇지 않게 내뱉을 수 있다는 것에 적지 않은 충격을 받았다. 아르바이트하던 영어 학원의 초등부 남학생이 "선생님은 피부가 더럽네"라고 내게 말했을 때, 남의 살결에 대한 도를 넘은 관심에 자조할 수밖에 없었다.

이 사회에서 건강하지 못한 피부는 더럽다고 여겨졌다. 타인의 신체를 더럽다고 하는 건 모욕이라는 걸 알면서도, 피부에 관해서는 아무렇지 않게 '더럽다'는 말을 사용했다.

외국에 살다 보면 피부 관리를 더 안 하게 된다. 상대적으로 '건강한 피부'에 대한 기준치가 한국보다 낮고 피부 노화를 자연스럽게 받아들이는 분위기다. 한국에서는 동네 슈퍼에 갈 때도 비비크림을 발랐던 것 같은데 지금은 맨얼굴로 거리를 활보하는 데 아무 거리낌이 없다. 유행에 민감하지 않은 동네다 보니 10년 전 입었던 겨울 코트를 입고 돌아다녀도 촌스러운 느낌이 없다. 그러나 그 상태로 한국에 가면 얘기가 달라진다. 가족들이나 친구들을 만나면 "어디 아프니" "타지에서 고생이 많네, 나이들수록 관리 좀 해라" 다양한 잔소리를 듣게 된다.

몇 년 전 한국을 방문했을 때 내 얼굴을 본 엄마는 거의 울상이 되었다. 딸한테 용돈 좀 받으려고 했는데 내 꾀죄죄한 몰골을 보고 그 말이 쏙 들어갔다고 했다(꾀죄죄함은 여러모로 도움이 되는 것 같기도 하다). 내가 봐도 한국에서의 내 모습은 어쩐지 후줄근했다. 같은 복장으로 호주에 있을 땐 나름대로 깔끔하고 단정해 보였는데 말이다.

한국의 뷰티 산업은 경이로울 정도다. 호주에서는 동네 미용실 기본 커트만 해도 5만 원 이상을 내야 한다. 호주 브랜드의 화장품은 한국 로드 숍의 가성비를 100년이 가도 따라잡지 못할 것만 같다. 계절이 바뀌기도 전에 올해는 무슨 스타일의 옷이 유행인지 명확히 보이는 한국에 비해 호주의 패션 트렌드는 매년 거기서 거기란 인상이다. 서울을 방문한 외국인 여행자들이 머리부터 발끝까지 단정한 한국인들의 맵시에 경탄할 만하다.

꾸준히 외모 관리를 할 수 있도록 한국의 뷰티 산업이 호주로 옮겨 오면 좋겠다고 생각하다가 '관리란 무엇인가?' 하는 상념에 빠졌다. 사람들이 흔히 '관리 좀 해라' 할 때 '관리'는 외모를 말하는 것인가. 그렇다면 외모 관리는 꼭 해야 하는가. 한다면 누굴 위해 해야 하는 건가. 부모님을 위해서 해야 하나, 타인의 안구 건강을 위해서 해야 하나, 자기만족을 위한 것인가. 나의 '못생김'까지 인정하고 사랑해 줄 수는 없을까. 오랜만에 사람을 만나면 왜 "너 얼굴이 많이 상했다. 늙었네" 이런 말부터 하는 걸까. 사람이 점점 늙는 게 정상이지, 젊어지는 게 정상인가. 왜 하나 마나 한 얘기를 첫인사로 하는 걸까.

세상에는 멋있어지고 예뻐지는 데 큰 관심이 없는 사람도 있다. 관심은 없지만 세상의 이목과 평가 때문에 어쩔 수 없이 움직인다. 정말 효과가 있는지 없는지 상관없이 화이트닝과 주름 개선에 좋은 화장품을 사고, 때 되면 미용실 가서 머리를 바꾸고, 계절마다 옷을 사 입는다. 맨얼굴로 돌아다니면 자꾸만 사람들이 어디 아프냐고 안쓰러워해서, 이제 화장 안 하면 못생겨 보이는 나이라고 말해서, 요즘 세상에는 자신을 꾸미는 일도 능력의 척도라고 하니까, 어쩔 수 없이 꾸역꾸역 '가을 유행 아이섀도' '쿨톤에 어울리는 립스틱' '단발머리 펌 고데기 하는 법' 같은 키워드를 검색한다. 그런 노력을 하지 않는 상태에서도 '아, 뭐라도 해야 하지 않을까?' 하는 생각은 항상 따라온다.

세간의 외모 평가와 내 안의 '외모 관리 압박'에서 벗어나는 길은 무엇일까. 입술에 색이 없어도 '피곤해 보인다'는 말을 안 듣는 인생, 피부에 탄력이 없어도 '왜 이렇게 폭삭 늙었냐'라는 말을 듣지 않는 인생, 어디 없을까.

고대 중국인들은 여성의 작은 발을 아름다움의 기준으로 삼았다. 당시 중국 여성들은 발이 자라지 못하도록 일곱 살 때부터 발을 헝겊으로 묶어 조그만 신에 욱여넣었다. 발가락이 부러지고, 피부 조직은 곪아 허물어졌지만 그 당시 전족을 하지 못한 여성은 아름답지 않은 여성, 예의가 없는 여성이었기 때문에 엄청난 고통을 견뎌야만 했다. 예뻐지기 위한 고통을 당연하게 받아들이는 여성도 많았다고 한다. 하지만 21세기 사람 중에 10cm 이하의 발을 가진 성인 여성을 아름답다고 생각하는 사람은 거의 없다. 작고 아담한 신발 속에 숨겨진, 끔찍하게 일그러진 발의 실체를 알기 때문이다.

23세기의 세계를 상상한다. 그때는 미美에 대한 관념이 많이 바뀐다. 누구나 다 자기 방식대로 예뻐서 '예쁘다' '멋있다'는 말이 사어가 되고 피부과와 성형외과는 거의 다 망해 버렸다. 미래의 사람들은 과거의 사람들이 얼굴에 주사를 맞고 보형물을 넣었던 일에 비판조차 하지 못한다. 머릿속에 없는 개념이라 이해하지 못하고 그저 놀랄 뿐이다.

지금의 우리가 고대 미의 기준을 이해할 수 없듯, 23세기 사람들도 21세기의 '관리'에 대해서 이해하지 못하는 부분이 분명 있을 것이다. 피부 관리, 외모 관리란 무엇인가를 생각할 때마다 존재 자체가 아름다움이 되어 버린 23세기의 내 후손들을 생각한다. 후손들은 나의 '무신경함'과 '꾀죄죄함'을 몰라보지 않을까.

패션의 완성

와이는 짠돌이다. 연애할 때는 짠돌이가 아니었다. 월급을 받으면 한 푼도 저축하지 않고 다 써 버리는 스타일이었다. 특히 인터넷 쇼핑몰에서 옷과 신발을 즐겨 샀는데, 난해한 패션 스타일을 선보이며 자기가 스타일리시하다고 자만했다. 그러나 바지 뒷주머니가 무릎 뒤쯤에 달려 있어 다리가 더 짧게 보이는 코르덴 바지, 주머니가 20개쯤 달린 야상 점퍼와 벨트에 달린 치렁치렁한 체인을 이해하는 사람은 별로 없었다. 턱수염과 원색의 뉴에라 모자는 그에게 거의 문신과도 같은 액세서리였다. 내가 유일하게 이해할 수 있는 옷은 후드 티나 항공 점퍼 정도였다.

허리둘레 뒷부분이 뒤집어져 나온 청바지를 입고 왔을 때 내가 물었다.

오빠, 이런 건 어디서 사?

왜? 멋있어?

아니. 이상해서.

이거 비싼 거야. 요즘 트렌드인데.

    그와 나는 같은 공간 다른 시대에 살고 있던 것이 분명했다. 패션이 '투 머치'인 것 같다고, 체인이라도 빼면 좋겠다는 내 권유를 받아들이겠다는 결심을 했는지 첫 데이트 날, 그는 잘 다린 셔츠와 면바지, 엉덩이를 살짝 가리는 베이지색 카디건을 입고 나왔다. 솔직히 집에 보내고 싶었다. 차라리 체인을 달고 오는 게 나을 것 같다는 생각이 들 만큼 안 어울렸다. (지금 생각해 보니 꽈배기 카디건이 문제였던 것 같다.) 와이 역시 남의 옷을 뺏어 입은 사람처럼 어색해 안절부절못하며 식은땀을 흘리고 있었다. 그 모습을 보면서 스타일이고 뭐고, 역시 옷은 입었을 때 편안함을 느끼는 게 최고라고 생각했다.

    다음 날 와이는 원래 스타일로 돌아왔다. 초록색의 개구리 등무늬가 가득 새겨진 형광 연두색의 후드 점퍼였다. (형광 옷을 입은 사람을 그때 나는 처음 보았다.) 쭈그리고 앉아 있으면 뒷모습이 거대한 개구리처럼 보이는 옷이었다. 눈썹부터 광대뼈까지 내려오는 사다리꼴 모양의 뿔테 안경도 쓰고 나왔는데 내가 지적하기도 전에 연예인들이 많이 쓰는 안경이라고, 비싼 거라며 선수를 쳤다. 여전히 난해했지만 의기양양한 모습을 보니 패션의 완성은 역시 자신감이라는 생각이 들었다. 의외로 형광 연두색이 잘 어울렸다.

나는 녹색 계열의 옷을 좋아해.
왜?

날 보면 시력이 좋아지잖아.
타인까지 배려한 패션인 줄은 몰랐네.

인터넷 쇼핑에 돈을 아끼지 않고, 쾌적한 데이트를 위해 소형차를 사는 데도 주저함이 없던 그가, 나와 결혼하기로 결심하고부터는 짠돌이가 되었다. 첫 데이트 때보다 몸무게가 많이 늘어나는 바람에 심오한 예전 옷들을 하나도 못 입게 되었는데도 쇼핑에 나서지 않았다. 패션의 완성은 결국 얼굴이라는 것을 깨달았다고 했지만, 30대 중반을 향해 달려가는 그가 텅 빈 통장을 들여다보면서 20대 시절과 다르게 조금은 좌절하고 있다는 걸 어렴풋이 느꼈다. 그리고 어느 순간부터 산책하러 나갈 때마다 까만색 등산 바지를 주섬주섬 입었다. 그의 바지에 달려 있던 은색 체인이 사무치게 그리워졌다.

등산 바지 안 입으면 안 돼?

여름에 시원하지, 겨울엔 따뜻하지. 옷은 이거만 한 게 없어.

등산 바지 위에 개구리 등무늬 점퍼를 입게 된 와이는 더 이상 자신을 스타일리시하다고 생각하지 않게 되었다. 스타일보다는 앞으로 헤쳐 나가야 할 미래가 막막했을 것이다. 와이는 서른이 넘었고 이제 막 결혼을 했으며 공부하는 백수였고, 양인의 나라에 가서 요리사가 되기 위해 설거지부터 다시 시작해야 하는 처지였다. 마음만 먹으면 뭐든지 할 수 있을 것처럼 뛰어드는 혈기왕성함을 형광 개구리 점퍼가 상징한다면, 검은색 등산 바지는 최대한 몸 사리며 오래 살아남아야겠다는 생존 본능을 의미하는 듯싶었다. 더 난해해진 그의 옷차림은 젊음이 기성세대로 넘어갈 때의 과도기 방황 그 자체였다.

개구리 점퍼는 질이 어찌나 좋은지 5년을 내리 입었는데도 닳지를 않았다. (살이 많이 쪘는데도 유일하게 개구리 점퍼는 넉넉하게 잘 맞았다.) 세탁기에 넣고 휙 빨아도 형광의 화사함을 그대로 유지했지만 양쪽 소매는 여기저기 쓸려 해지고 너절해졌다. 닳아 버린 소매를 보고 있는데 상처 난 개구리를 보는 것처럼 마음이 쓰였다. 점퍼를 버리라고 와이를 설득했지만, 20대 후반을 함께 보낸 친구라면서 결코 버릴 수 없다고 했다. 옷과 우정

을 나누는 참신함에 감동하고 '오죽 친구가 없으면' 하는 애잔함
에 짠했지만 나는 그길로 유니클로에 들어가 새 점퍼를 사서 갈
아입혔다. 체인이나 이상한 안경, 등산 바지나 개구리 점퍼도 다
좋지만 구멍 나고 해진 옷은 좀 그렇지, 하는 마음이었다. 유니
클로의 세계는 단정했다. 개성은 없었다. 그리고 저렴했다. 남색
후드 점퍼를 입게 하고 개구리 점퍼는 하얀색 유니클로 종이봉
투에 담았다. 버려야 했다.

　와이가 그 옷을 버리지 못할 거라는 걸 알았다. 개구리 점퍼
는 정말로 그의 친구였다. 그 옷을 입고 나와 데이트를 했고, 호주
워킹 홀리데이에 갔고, 카페와 레스토랑에 가서 더듬더듬 영어로
인사하며 이력서를 냈다. 개구리 점퍼와 함께 폐차 직전의 차를
몰고 호텔 청소를 다녔고 설거지를 하고 양파와 감자를 칼질했
다. 한국에 돌아와 힘겹게 회사 생활을 할 때도, 백수 시절 반야
와 쓸쓸히 산책을 할 때도 그 옷을 입고 있었다. 울고 싶은 순간
마다 개구리 옷을 입고 있어서 우울해 보이지 않을 수 있었다.

　알면서도 나는 개구리 점퍼가 든 종이봉투를 거리 쓰레기통
에 버렸다. 새로 산 남색 후드 점퍼는 등산 바지와 매치해도 어
색함이 없었다. 대신 와이의 분위기가 좀 칙칙해진 것 같았다.

　5년이 지난 지금, 혹시 내가 그의 옷을 함부로 버린 게 아닌
가 싶어 미안한 마음이 들 때가 있다. 세탁소에 가서 소매를 수

선해 선물해 줄 수도 있는 일이었다. 시간이 이만치 흐른 뒤에도 쓰레기통에 버려진 개구리 점퍼가 내내 생각이 나는 건, 결혼하고 와이가 어떤 사람인지 더 잘 알게 되어서다. 그는 물건에 담긴 보이지 않는 의미와 가치를 소중히 여기는 사람이었다. 남들에게는 이상하게 보일지 모를 패션이 와이에게는 자신의 역사였다. 나 역시 개구리 점퍼를 입은 와이의 품 안에서 웃었고, 울기도 했다. 부드럽고 다정한 촉감과 따듯하고 포근한 냄새가 내 기억 어딘가에 여전히 저장되어 있다.

결혼 5년 차, 와이는 짠돌이고 옷을 잘 사 입지 않는다. 자주 입는 옷은 일할 때 입는 검은색 티셔츠와 검은색 바지다. 집에 돌아오면 옷에는 요리하면서 묻은 음식 때가 잔뜩 묻어 있다. 가끔 궁금해진다. 내가 버린 개구리 점퍼는 지금 어디에 있을까, 개구리 점퍼를 입지 않는 와이는 오늘 행복할까. 그러면서 발랄하고 개성 있는 옷을 좋아하던 그를 자주 떠올린다. 이번 달에는 그에게 밝은 색의 옷을 선물해야겠다.

유 심 히 당 신 을 바 라 보 는 일

우리의 신혼여행지는 발리였다. 발리 여행 중 가난한 사람들을 자주 만났다. 누구는 가난한 현지인들을 도와주는 게 맞다고 하고, 누구는 그들의 자립을 위해 도와주지 말자고 한다. 물가가 저렴한 나라에 맘 편히 돈 쓰러 갔는데, 현지 사람들의 가난한 현실을 직면해 죄책감을 느끼는 것은 여행자들이 느끼는 여러 딜레마 중 하나다. 하루 치 쾌락을 위해 망설임 없이 수백 달러를 쓰고도 가난한 행인에게 1달러를 건네는 데 주춤하는 인색함에는 어떤 현명한 대안이 있을까. 쉽게 대답할 수 없는 문제다.

여행 셋째 날 저녁, 칵테일 한 잔 마시고 숙소로 돌아가는 길에 아기를 업은 여성이 내게 슬그머니 다가왔다. 다섯 손가락을 오므린 채 입에 갖다 대고 검지손가락 하나를 펼쳤다. 만국의 여행자가 모두 이해할 '아기가 배가 고프니 1달러만 달라'는 수신호였다. 등에 업혀 있던 아기가 크게 울었고 나는 1달러를 건넸다. 그 1달러에 얄팍한 동정심이나 도덕적 우월감이 배어 있는 것은 아닌지 자꾸만 자기검열을 하게 되는 것도 여행지에서는 불필요한 에너지 소모처럼 느껴졌다. 거리의 상인들이 정체 모를 물건들에 말도 안 되게 비싼 가격을 매겨 강매할 때도 그랬다. 가장 좋은 방법은 눈을 피하거나 매몰차게 지나쳐 버리는 것인데 뒤늦게 그들의 다 해진 신발이나 구멍 난 티셔츠를 발견하면 마음이 복잡해졌다.

점심시간, 근처 맛집 레스토랑을 검색해 보니 아직 오픈 시간 전이었다. 레스토랑 앞 벤치에 앉아 문이 열리기를 기다리고 있는데 낡은 가방을 앞으로 둘러멘 노인이 작은 나무 상자를 들고 내게 다가왔다. 습하고 더운 날씨에 지친 나는 물건을 보지도 않고 "노 머니"를 외치며 단호히 대응했다. 조금이라도 관심을 보이면 희망을 주게 되니까, 아예 살 마음이 없다는 의사를 정확하게 보여 주는 게 서로에게 좋았다. 예상대로 노인은 차갑게 외면하는 나를 빠르게 체념했다.

그런데 벤치에 앉아 있는 동안 노인의 모습이 자꾸만 눈에 들어왔다. 발리 스타일로 옷을 갖춰 입은 백인 여성 두 명이 노인이 있는 쪽으로 걸어갔다. 노인은 내게 했던 것처럼 반갑게 인사하며 물건을 꺼냈다. 모자를 쓴 여성이 관심을 보였지만 가격을 듣고 필요 없다며 그냥 지나가 버렸다. 노인은 원하는 가격에 깎아 주겠다고 했지만 두 사람은 이미 물건에 흥미를 잃었다. 노인의 얼굴에 실망과 허탈함의 낯빛이 지나갔다. 매번 당하는 거절인데도 익숙하지 않을 것이었다. 관광객들이 의도치 않게 그의 마음을 조금씩 할퀴고 지나갔다. 몇 번의 시도가 실패로 이어지자 기운이 나지 않는지 노인은 나무 그늘에 털썩 앉아 가방에서 꼭꼭 동여맨 일회용 플라스틱 백을 꺼냈다. 도시락이었다. 저 도시락은 누가 싸 주었을까. 아내가 싸 주었을까. 아니면 노인이 스스로 쌌을까. 어디서 사 온 걸까. 왜 저렇게 허겁지겁 먹는 걸까.

10분도 채 되지 않는 점심시간, 노인은 자리를 털고 일어나 다시 장사를 시작했다. 인사, 거절, 허탈과 실망의 과정이 반복되는 동안 노인은 속으로 여행자들을 비난하고 있을지 몰랐다. 내가 파는 물건은 당신들의 커피 한 잔 값인데, 호화로운 리조트에서 머물며 고급 음식을 먹는 데는 돈을 아끼지 않으면서 단돈 몇 달러가 아까운 거냐고. 나는 속으로 그에게 변명했다. 관광객들은 하루에도 수십 명의 상인을 만난다고, 우리는 이곳에 물건을 사러 온 건 아니라고. 당신의 생계를 관광객들이 책임져야 할 필요는 없지 않느냐고. 그런데 정말 그럴까. 우리는 현지인들의 가난에 아무런 책임이 없을까. 다시 마음이 복잡해졌다. 나는 노인에게 다가가 무얼 파느냐고 물었다.

노인은 내게 나무로 만든 작은 보석함을 내밀었다. 영어를 잘하지 못하는지 자신이 아침에 일어나서 직접 만든 거라면서 뚝딱뚝딱 망치질하는 동작을 보여 주었다.

얼마예요?

50,000루피아.

우리 돈으로 5천 원, 현지 물가에 비하면 비싸도 너무 비싼 가격이었다.

깎아 주세요!

안 돼!

내가 살 마음이 있다는 걸 눈치챘는지 노인은 단 한 치도 물러서지 않았다. 삐뚤삐뚤 새겨진 무늬를 보면 아마추어의 작품이 분명했다. 2달러를 부르자 "그러면 남는 거 없어!" 얼굴의 온 근육을 사용하며 노인이 대답했다. 실랑이를 벌이다 결국 4달러에 흥정을 했는데 지갑을 열어 보니 3달러가 전부였다.

미안해요. 지금 가진 현금이 3달러뿐이에요.

옆에 있던 남편이 왜 바가지 쓰고도 미안해하느냐고 물었다.

그랬다. 나는 공항에서 택시비를 깎고 래프팅 가격도 반 이상 깎는 흥정의 여왕이었다. 노인은 조금 아쉬워하는 표정으로 3달러를 받고 나무 상자를 건넸다. 다른 때 같으면 상인의 교묘한 수작에 이용당한 걸 분해했을 수도 있지만, 환하게 웃는 그의 표정을 보니, 나무 상자가 아니라 그의 미소를 샀다는 생각이 들었다.

거리의 상인들을 보면서 내가 느낀 짜증과 불편함은 무지에서 나왔다. 그들에 대해 아는 것이 하나도 없기 때문에 강매는 귀찮았고 가난의 흔적은 불편하기만 했다. 그런데 벤치에 앉아 노인을 유심히 바라보는 동안 그를 향한 나의 관점은 바뀌었다. 노인이 혼자서 쓸쓸히 손으로 도시락을 먹을 때, 해질 대로 해진 가방 안에서 거칠고 투박한 손으로 상자를 꺼낼 때, 다른 관광객들이 그를 없는 사람 취급하며 지나갈 때, 거절당했을 때, 그 모멸감이나 치욕, 자책과 힐난의 감정들이 마치 나의 감정처럼 여겨졌다. 거절에도 포기하지 않고 끝까지 물건을 파는 모습을 볼 때는 존경심이 들었고 감히 노인이 살아온 삶을 가늠하게 됐다.

어떤 사람을 그저 말없이 유심히 바라보는 것만으로도 타인에게 한발 다가갈 수 있었다. 타인을 완벽히 이해할 수는 없지만 이해하려고 노력하는 과정이 곧 나를 알아 가는 과정이라는 것을 발리의 노인이 가르쳐 주었다.

그때 산 나무 상자에는 와이와 나의 결혼반지가 보관되어 있다. 나무 상자를 볼 때마다 발리의 노인을 생각하며 사랑하는 남자를 세심한 눈빛으로 옆에서 지켜보겠다고 다짐한다. 그에게서 내 마음에 안 드는 부분이 발견된다고 하더라도 짜증을 내거나 화를 내는 데서 그치지 않고 유심히 그를 관찰하겠다고. 그를 바라보는 것이 곧 나를 알아 가는 일일 테니까.

웃지 않기

웃으면 복이 온다는 말, 웃는 얼굴이 예쁘지 않은 사람은 없다는 말을 오랫동안 믿어 왔다. 그런데 항상 통용되는 것은 아니었다. 권력을 향한 억지웃음은 나를 초라하고 비참하게 만들었다. 진심 없는 거짓 웃음이 도리어 나를 우스운 꼴로 만들었다.

태어난 국가의 경계를 벗어난 순간부터 인간은 필연적으로 약자가 됐다. 성정이 나약해서 약자가 되는 것이 아니었다. 아무리 몸과 마음이 튼튼한 사람이라고 해도 외국인 신세가 되면, 느슨하고 취약한 사회적 안전망 속에서 쉽게 허약해졌다. 특히나 요즘같이 요란하게 자국민을 챙기는 국제 정세에서 외국인이 살아남기란 더욱 어렵다.

호주에 발 딛는 순간 가장 먼저 감당해야 했던 일은 '혼자'라는 기분을 받아들이는 거였다. 그다음으로는 낯선 나라의 일상과 생활 습관, 인간관계, 직장 생활까지 처음부터 다시 배워야 했다. 부탁해야 할 일이 많아져서 아쉬운 소리를 하게 되고, 도움을 받아야 할 일이 많아져서 실수하게 된다. 어린아이로 돌아간 듯 무기력해지고, 새로운 환경과 사람들 사이에서 잘 적응하지 못해 소외감을 느낀다. 웃음은 불안과 소외감을 애써 감추기위해 좋은 방편이 되는 동시에 내면의 취약성을 부각하는 약점이 된다.

약한 사람들은 더 자주 웃었다. 서비스업 종사자들이 대표적이다. 서비스 노동자들은 억울하고 화가 나는 일이 있어도 고객앞에서는 밝게 웃어야 한다고 교육받고 여성이라면 더 환하게웃어야 한다고 요구받는다. 구직 요건에 '밝고 긍정적이고 잘 웃는 여성' '관련 경력이 없더라도 미소가 예쁘신 분'이라는 항목을 볼 때면 만감이 교차했다. 반면 고객들은 웃지 않아도 괜찮았다. 고객이 웃지 않는다고 이의를 제기할 노동자는 없었다. 소비자는 돈을 내니까 말도 안 되는 말도 할 수 있는 권리가 있지만노동자는 바른말도 최대한 공손하고 예의 바르게 웃으며 말해야 했다. 서비스와 화폐를 교환하는 동등한 관계가 갑을 관계가되는 것은 정말로 이상한 일이었다.

권력을 가진 사람은 웃음의 속성을 교묘하게 이용하기도 했다. 웃는 사람의 순수한 의도와 달리 잘 웃는 사람을 얕잡아 보면서 그를 더 나약한 위치로 끌고 내려왔다. 상대방이 웃을 때,

웃지 않아도 비난받지 않는 사람이 권력자였다. 권력과 웃음의 상관관계를 깨닫고부터 권력자 앞에서 필요 이상으로 웃지 않겠다고 다짐했다.

약자의 웃음은 도처에 있었다. 어떤 것은 마음 아프지만, 어떤 것은 비열했다. 서양인에게만 유독 잘 웃는 동양인을 마주할 때가 더러 있다. 그들은 같은 동양인에게는 냉담하고 거친 태도를 보이면서 서양인들에겐 '굽실댄다' 싶을 정도로 거짓 웃음을 남발하며 아양을 떨었다. 그토록 서양인 친구가 필요한 것일까. 웃음을 팔아 영어 한 자 더 배우고 싶은 것일까. 눈앞에서 제국주의의 잔재를 목격하고 있으면 조금 슬퍼졌다.

생각해 보면 남 얘기만은 아니었다. 나도 한때는 밥줄을 하사할 면접관을 향해 어색할 정도로 밝게 웃었고, 이성의 호감을 얻기 위해 과한 리액션과 함께 웃었으며, 직장 상사의 재미없는 유머에 박장대소를 아끼지 않았다. 호주에 와서 서비스직에서 일하면서부터는 동료와 손님들에게 긍정적인 피드백을 받기 위해 필요 이상으로 웃었다. 영어가 미숙해 실수하면 무안해서 웃었고, 누가 실수를 해서 내게 손해를 끼쳐도 괜찮다며 웃었다. 사람들에게 명랑한 사람으로 기억되고 싶어서 웃었다.

지금은 웃을 필요가 없는 일 앞에서는 웃지 않으려 애쓰고 있다. 웃지 않아도 될 때 웃으면 정말로 기쁘고 즐거울 때 웃을 수 없고, 사랑하는 사람을 향해 웃어 줄 여력이 없어진다는 걸 이제 알게 됐다. 그건 생각보다 무서운 일이었다. 나 또한 잘 웃지 않는 사람을 만날 때 무뚝뚝한 사람이라고 흉보지 말자고 다짐했다. 상대방이 내게 더 상냥하고 예의 바르게 말하지 않았다고 해서 불만을 갖지 말자고 결심했다. 왜냐하면 그 사람에게 나는 아무것도 아니고, 그 사람이 나에게 웃어 줄 이유가, 상냥할 이유가 하나도 없기 때문이었다.

무표정한 얼굴 때문에 오해하는 일 없이 무난하고 적당한 거리의 인간관계를 유지하고 싶다면, 화가 나 보이지 않는 정도면 되지 않을까. 만나고 헤어질 때 인사 정도 잘하면 되는 게 아닐까. 내가 웃고 싶을 때 웃는 것이 나를 지키는 방법 중 하나라는 걸, 쓸모없는 웃음들은 아꼈다가 내가 진심으로 사랑하는 사람들에게 선물해야 한다는 걸 지금이라도 알게 되어 다행이다.

억지로 환하게 웃지 않아도 내면에서 뿜어져 나오는 아우라로 얼굴에 밝은 광이 난다면 좋겠지만, 그런 얼굴을 갖는 건 이번 생에 열심히 노력해 다음 생에나 기대해 보겠다.

잘 살고 싶어서요

안 친했던 사람인데 이유 없이 자꾸만 생각날 때가 있다. 설거지를 하다가 장을 보다가 길을 걷다가 그의 사소한 말과 행동이 머릿속에 부유한다. 그 사람은 지금 어떤 모습으로 지내고 있을까. 잘 살고 있을까. 그나저나 왜 그 사람이 떠오르는 걸까. 정말 안 친했는데, 친해지고 싶었나. 어떨 때는 혹시 그 사람이 나를 부르고 있는 건 아닐까 생각하기도 한다. 그도 나의 안부를 묻고 싶은 건지 모른다. 잘 있냐고, 잘 살고 있냐고.

전 직장 동료인 J를 이야기하고 싶다. 기업과 단체의 홍보 교육 영상을 만드는 회사에 구성 작가로 입사한 첫날, 옆자리에 앉은 J는 "우리는 직장 동료이지, 선후배 관계가 아니에요" 하면서 명확히 선을 긋고 호칭 정리부터 했다.

"선후배 관계가 아니에요." 그 한마디가 사회생활을 하면서 들었던 다른 어떤 말보다 묵직하게 다가왔다. 10살 많은 업계 선배가 나를 수평적으로 대하겠다는 선언이 반가우면서도 앞으로 책임져야 할 업무에 대한 부담감이 엄습하는 순간이었다.

그때 나는 노동 처우가 열악한 방송국 일을 포기하고 중소기업의 정규직으로 자리를 옮겼다. 한 회사를 진득하게 다니지 못하는 성격상 비정규직 떠돌이 삶도 그럭저럭 살 만하다고 여겨 왔는데, 막상 정규직을 얻게 되니 월급 차이가 크지 않아도 말로 설명할 수 없는 안정감이 들었다. 새로 들어간 회사의 업무 방식이 방송국과는 많이 달라 걱정도 되고 두려웠지만, 내심 나보다 경력 많은 누군가가 부족한 부분을 보완해 주겠지 하는 안일한 태도도 있었다. 그러던 차에 J가 내게 한 말은 '당신에게 선배 대접받을 생각 없으니 내가 뒤치다꺼리를 해 줄 거라는 기대도 버리면 좋겠다, 자기 응가는 자기가 치우자'라는 의미의 완곡한 표현처럼 들렸다. 정신이 번쩍 들었다.

지금 생각해 봐도 새로운 직업 생태계에 비교적 빨리 적응할 수 있었던 것은 J의 독립적이고 개인주의적인 태도 덕분이었다. "어이구, 우리 후배" 하면서 A부터 Z까지 하나하나 가르쳐 줬다면 더 빠르게 배웠을 수 있지만, 그는 나 때문에 훨씬 괴롭고 힘들었을 것이다. 그의 월급에 나를 가르치는 일은 포함되어 있지 않을 테니까. J는 나와 일정한 거리를 유지하고 각자 독립적으로 일을 하려고 노력했지만, 나의 미숙함 때문에 친구와의 저녁 약속을 미루거나, 예매해 둔 영화표를 취소하기도 했다. 그러면서도 한 번도 내게 짜증을 내거나 화풀이를 하지 않았는데, 그럴 때마다 내가 더 미안해졌다. 만일 J가 내게 속속들이 업무를 가르치고 후배의 뒤를 봐주는 선배 역할을 자처했다면 그는 나를 미워하게 되었을지도 모른다. 언제까지 내가 네 뒤치다꺼리를 해야 해, 몇 번이나 말해야 알아듣겠어 하면서. 나도 그를 동료가 아니라 선배라고 생각했다면 그가 나의 부족함을 메꿔주고 도와주는 일을 당연하게 받아들였을 것이다. 처음인데 당연히 알려 줘야지, 선배니까 응당 해야 하는 일 아니야 하면서.

선후배가 아니라 동료라는 말 덕분에 나는 선배에게 의지하는 사람이 되지 않고 동료로서 폐 끼치지 않는 사람이 되려고 노력했다. 회사 내에서 상호 동등한 관계를 유지하는 일이 왜 중요한지 J를 통해 배운 것이다.

우리 사회에서는 개인주의를 이기적인 독불장군, 감정 없는 냉혈한쯤으로 보기도 한다. 내가 J에게서 엿본 개인주의는 공동체를 위해서 자신을 희생하지 않겠다는 고집이 아니라, 공동체를 생각하느라 내가 맡은 업무를 소홀히 하지 않겠다는 다짐이었다. 내가 있는 자리에서 최상의 컨디션을 유지하며 할 일을 제대로 하는 것이, 큰 그림으로 봤을 때는 결국 공동체를 위한 일이었다.

쾌적한 사내 공동생활의 일환으로 직원들은 매주 수요일 아침 청소를 함께했다. 정해진 순서 없이 융통성 있게 돌아가면서 청소기를 돌리고 물걸레질을 하고 테이블 먼지를 닦았다. J는 남들보다 꼼꼼하게 청소했다. 박스를 차곡차곡 개어 부피를 줄인 다음 노끈으로 깔끔하게 리본을 묶어 밖에 내다 놓는 것은 언제나 J의 몫이었다. 다른 사람들은 눈여겨보지 못하는 구석구석 J의 손길이 닿았다. 그는 컴퓨터 키보드와 마우스, 스위치보드에 세균이 가장 많이 숨어 있는데 의외로 쉽게 간과한다고 했다. 제일 먼저 출근해서 불을 켜는 사람이 나였으므로 그 배려가 내심 고마웠다. 그러면서 인생에 관한 조언을 남발하는 어른은 한 번쯤 의심해 봐야 하지만, 분리 배출을 잘하고 청소를 꼼꼼하게 하는 어른은 믿어도 되지 않을까 하고 막연히 생각했다.

채식주의자인 J는 매일 도시락을 싸 왔다. 비건 식당이 지금보다 적던 때였다. 강남 지역 식당의 점심값이 부담스러웠던 나도 도시락을 싸서 J와 같이 점심을 먹었다. J는 주로 나물, 매실장아찌, 콩이나 두부 요리, 채소 김밥, 토마토 수프를 먹었다. 내도시락 통에 담긴 고기 동그랑땡이나 인스턴트 돈가스를 보면서 할 말이 많았을 텐데 "도시락 반찬에는 동그랑땡만 한 게 없지" 하면서 불편함을 드러내지 않았다. 달에 두어 번 있는 점심회식 때는 회사 사람들도 J를 배려해 나물 반찬이 잘 나오는 한식집이나 비빔밥집에 갔고, J는 음식을 주문할 때마다 국에는 조

개나 멸치 육수를 빼고 비빔밥에는 달걀을 빼 달라고 했다. 술이 곁들여지는 저녁 회식 장소는 거의 고깃집이었는데 J는 고기 냄새를 맡으며 맨밥에 반찬을 먹었다. 붉은 고기가 익어 가는 불판 앞에서 그는 어떤 마음이었을까. 자신의 신념과 상관없이 고깃집에 앉아 있기까지 어떤 시간을 보냈을까.

왜 채식을 하세요?

내가 물었다. 10년간 채식을 하면서 천 번도 넘게 들은 질문이었을 것이다.

잘 살고 싶어서요.

그게 끝이었다. 건조하지만 군더더기 없는 답변이었고 부연 설명은 없었다.

주변 사람들이 "왜 채식을 하는지 모르겠어" "집에 가서 몰래 먹는 거 아니야?" 농담조로 한마디씩 건넬 때도 J는 일일이 반응하지 않았는데 그게 그렇게 우아해 보였다. 나와 다른 의견을 가진 사람, 그래서 이따금 생기는 시비에 불필요한 에너지를 낭비하지 않는 사람. 그러면서도 자신의 신념을 드러내기 위해 고심한 흔적이 '잘 살고 싶어서요' 한마디에 다 담겨 있었다.

어설픈 관심을 보이는 내게 비거니즘을 전도할 수도 있었을 텐데 그러지 않았다. 다만 시장에서 파는 유부 김밥을 한 줄 더 사 와 나눠 먹었고, 채소를 넣은 토마토 수프와 새콤달콤한 매실 장아찌를 어떻게 만드는지 알려 주었다. 점심을 먹고 한두 시간 후에는 항상 호두와 귤을 간식으로 먹으면서 부족한 영양소를 보충했다. 그때까지 공장식 축산업의 폐해나 고통받는 동물의 삶을 제대로 보고 들은 적 없었는데, 그의 절제된 삶을 지켜보는 것만으로도 언젠가 비건 생활을 시작해야겠다는 생각을 감자 싹처럼 품게 되었다.

5년이 지난 지금, 나는 고기와 유제품, 달걀을 끊었다. 시도 했다 실패하기를 오랫동안 반복하다가 어느 날 단박에 좋아하 던 삼겹살과 탕수육, 치킨을 끊었다. 즐겨 마시던 라테와 카푸치 노에 넣는 우유 대신 두유 커피나 아메리카노를 마시고, 좋아하 던 빵과 아이스크림도 달걀과 우유가 들어 있으면 먹지 않았다. 채식 생활을 하면서 종종 J를 떠올렸다. 걸레로 컴퓨터 마우스 와 스위치보드를 닦으면서, 분리 배출을 하면서도 가끔 떠올렸 다. 이렇게 문득 한 번씩 그가 떠오르는 것은 '잘 살고 싶어서'라 는 생각도 든다.

나이 들수록 우리는 '좋은 어른' '제대로 사는 어른'에 대해서 생각한다. 뭘까, 그것은. 내밀히 들여다보면 정말로 좋은 어른이 되고 싶다기보다 좋은 어른으로 비치고 싶은 욕망이 아닐까. '인생 선배로서 한마디 할게' '이렇게 살아야 해' '저렇게 살아야 해'라는 말로 내가 얼마나 좋은 어른인지 설명하려고 애쓸 필요 없이, '선배'가 사는 모습이 좋아 보이면 그 모습이 자연스럽게 '후배'에게 스며드는 게 아닐까. 그게 최고의 조언은 아닐까.

J는 일이나 삶에 대한 충고나 조언을 좀처럼 하지 않았고 뭔가를 가르치려 하지 않았다. 그저 태도를 내보이며 어떻게 '잘 살아야 하는지'를 말하고 있었다. 아무도 보지 못하는 곳을 청소하는 법, 자신의 신념에 따라 살되 그것을 타인에게 억지로 강요하지 않고 서서히 좋은 가치가 타인에게 스며들게 하는 법, 타인을 배려한다는 시혜적 태도가 아니라 나 자신을 위해서 나이 어린 사람을 하대하지 않는 방식, 회사에서 동료들과 유지해야 할 적정 거리감, 개인주의적 태도를 유지하면서 공동체를 생각하는 법. J는 그 모든 방법을 한 번도 말로 설명한 적이 없었다. 그저 자기 인생을 그렇게 살았을 뿐이었다.

멋있는 조언은 다 해 놓고 거리에 담배꽁초를 함부로 버리거나, 식당에서 매번 음식을 남기면서 죄책감을 느끼지 않고, 타인에게 피해 주고 사과할 줄 모르는 인생 선배들을 보면 시쳇말로 정말 깬다. 후배에게 어떤 충고를 해 줘야 할지 고민하기보다 내 인생을 어떻게 '잘 살아야 할지' 성찰하는 모습을 보여 줄 수 있는 것, 그게 좋은 어른이 되는 지름길 아닐까.

'잘 사는' 어른보다 '잘 살고 싶은' 마음을 품은 그런 어른을 자주 만나고 싶다. 그런 어른이 되고 싶다.

자기 합리화라는 은총

초등학교 1학년 시절, 집에서 건널목 하나만 건너면 대형 교회가 하나 있었다. 하늘까지 우뚝 솟은 첨탑의 위세는 내가 살던 허름한 동네와 전혀 어울리지 않았다. '여긴 뭐 하는 곳인가' 호기심에 기웃대다가 인자한 얼굴의 중년 여성에게 이끌려 들어간 뒤로 꼬박 1년을 혼자서 다녔다. 카펫이 깔린 예배당에 앉아 목사님의 설교를 들었고 예배가 끝나면 고등부 언니 오빠들과 율동에 맞춰 찬송가를 부르거나 성경 이야기를 들으며 색칠 공부도 했다. 그러니까 그 당시 내게 교회는 이야기와 흥이 있고 지식과 교양을 쌓는 일종의 문화센터였다. 맛있는 간식까지 줬으니 안 갈 이유가 없었다.

여덟 살 아이에게 '하나님 믿고 착한 일 하면 천국에 가고, 하나님 믿지 않고 나쁜 일 하면 지옥에 간다'는 선악의 이분법처럼 강력한 메시지는 없었다. 당시 나는 엄마가 사 준 전래동화 30권을 완독한 상태여서 권선징악의 매력과 무서움을 어렴풋이 체득하고 있었다. 성경 이야기는 권선징악 스토리의 '끝판왕'이었으며, 동화 속 인물이 아닌 내가 지옥으로 떨어질 수 있다는 경고는 뼈를 관통하는 초강력 도덕률이었다.

교회에 다니고부터 부모님에게 거짓말을 하거나 남동생을 괴롭히거나 친구들과 싸우고 나면 지옥에 갈까 봐 무섭고 두려웠다. 그래서 내면에 거리낌이 생길 때마다 있는지 없는지도 모르는 하나님께 용서를 빌었다. 회개의 내용은 매번 비슷했다.

하나님, 잘못을 저질러서 죄송합니다. 다음부터는 절~~대 거짓말 하지 않을 거예요. 이전에 했던 모든 잘못은 없던 일로 해 주세요.

기도는 일종의 영악한 리셋 버튼이었다. 어제까지의 잘못은 다 뉘우쳤고 하나님은 다 용서해 주셨으니 내가 지옥에 갈지 천국에 갈지는 오늘부터 평가될 거라고 믿었다. 이제부터 천국에 갈 수 있을 만한 선한 행동을 하겠다고 하나님께 약속하고 나면 내 마음은 이미 천사들이 노래하고 나팔 부는 천국에 가 있는 것 같았다.

지옥이 너무 무서운 나머지 자기 합리화의 과정을 너무 빨리 체득한 것 같기도 하지만, 하나님께 기도하면서 착한 어린이가 되려고 부단히 노력할 수 있었고 나를 돌아보며 반성하는 습관도 얼떨결에 기를 수 있었다. 물론 회개의 마음은 오래가지 않았다. 가끔 거짓말을 했고 슈퍼에서 몰래 껌을 훔치기도 했으며 여전히 남동생을 괴롭혔다. 그러면 또 기도를 했다.

하나님, 제가 약속을 어겼지만 이번엔 진짜예요. 진짜로 믿어 주세요. 그러니까 또 용서해 주시고 저의 잘못은 잊어 주세요. 오늘부터는 착한 어린이가 될게요.

그러던 내게 전지전능한 하나님을 등지는 일생일대의 사건이 벌어졌다. 교회에서 생일날 사탕 목걸이를 받지 못한 것이다. 내가 다니던 교회에는 어린이들이 많아서 생일인 어린이들을 달별로 묶어 한꺼번에 축하해 줬다. 그달에 생일인 어린이들을 호명하고 차례로 주의 은혜가 가득 담긴 사탕 목걸이를 주는 거였다. 은박지에 싸여 있는 커피, 바나나, 버터 세 가지 맛 사탕을 분홍색 리본 끈으로 엮은 목걸이였는데, 나는 거의 1년 가까이 그 목걸이를 받는 날을, 나머지 어린이들이 나를 위해 찬송가를 불러 주는 장면을 상상했다.

그런데 내 생일날이 있는 12월, 생일인 어린이로 호명되지 못한 것이었다. 혹시 내가 착각했나. 아직 11월인 게 아닐까. 달력을 쳐다보니 12월이 맞았다. "저도 생일인데요!" 하고 손을 들까 말까 고민하다 이미 기분이 상해 버려서 간식도, 점심도 먹지 않고 집으로 돌아와 버렸다. 믿었던 존재로부터 느낀 배신감은 지옥이 가져다주는 두려움보다 강력했는지 나는 두말없이 조용히 교회에 발길을 끊었다. 기억하는 한, 내 인생 첫 배신의 경험이었다.

교회에 발길을 끊은 지 한 달쯤 되었을 무렵, 엄마와 시장에 가던 중 우연히 교회 선생님을 만났다.

요즘 왜 교회에 안 오니? 선생님이 너무 보고 싶었는데.
선생님, 애가 생일날 사탕 목걸이를 못 받아서 마음이 많이 상했나 봐요.
어머, 그거 때문이었어? 난 또 뭐라고. 사탕 목걸이 많아. 다음 주일에 줄 테니까 꼭 보자.

다음 주일에 만나자는 선생님의 말씀에 아무런 대답도 하지 않았다. 고작 그것 때문에 안 나왔냐고 하는 말이 왠지 더 기분 나빴다. 사탕 하나 때문에 마음 상한 내가 참 치졸하고 소심했을지도 모르지만, 어린 내게 사탕 목걸이는 천국과 동일어나 다름없었다. 착한 일을 하고 회개하고 교회에 착실히 나가면 사탕 목걸이를 받는 줄 알았는데, 아니었다니. 착한 일을 하는 게 끝이 아니라 천국으로 들어가려면 선생님 눈에, 목사님 눈에 띄어야 하다니. 내가 누군가에게 베푼 진심을 항상 되돌려 받을 수는 없다는 것, 내가 받은 큰 상처가 남들에게는 아무것도 아닐 수 있다는 뼈아픈 생의 진리를 그때 배웠다.

치졸한 이유로 하나님을 등지긴 했지만, 당시 내재화된 천국과 지옥의 개념은 내게 처음으로 양심이란 걸 일깨워 줬다. 매일 한 가지씩 잘못을 저질렀지만 최소한 잘못한 일인 줄 아는 어른이 될 수 있었고, 가만히 앉아서 사탕 목걸이를 걸어 주길 바라는 어른이 되지 않을 수 있었다. 사탕 목걸이만 받았어도 지금쯤 나무아미타불 대신 할렐루야를 외치고 있을지 모르겠지만, 유년 시절, 반성과 참회의 기도를 할 수 있었던 것은 분명 주님의 은총 덕분이다.

침대에 누워 허공에 발차기를 할 만큼 부끄러운 일을 저질렀을 때, 어떤 일을 꾸준히 하지 못하고 중간에 포기했을 때, 그냥 이유 없이 내가 살아온 인생이 별로 마음에 들지 않을 때, 나는 낭비해 버린 인생을 반성한다.

소중한 하루를 이렇게 대충 살아 버렸습니다. 반성합니다. 내일부터는 정말 제대로 살 거예요. 어제까지 제 인생은 없던 걸로 해 주세요.

이런 기도를 하고 나면 '내 인생은 이미 망했어' 하고 좌절하고 우울해하기보다, 여태까지는 망했지만 이제부터는 안 망하겠다는 희망찬 다짐을 하게 된다. 1월 1일과 같은 새로운 마음으로 오늘을 살 수 있게 되는 것이다. 달리기 시합에서 넘어졌다고 그 자리에 머물러 있는 게 아니라, 넘어진 자리가 출발선이라고 생각하고 새로운 마음으로 달리기를 시작하는, 그 마음이다.

사실 어제를 낭비하고 난 다음 날인 오늘 아침에도 그런 기도를 했다.

오늘부터가 진짜예요. 아시죠?

무량대복

'무량대복'無量大福이라는 말을 좋아한다. 일단 음성학적으로 내가 좋아하는 모음과 자음이 다 들어 있다. 그래서인지 무량대복을 내뱉어 보는 것만으로 큰 복이 내게 온 것 같은 기분이 든다. 나중에 고양이를 기르게 된다면 '무량'이와 '대복'이로 이름을 짓고 싶다. 복을 자주 불러올 것 같은 이름이다.

사전 풀이에 따르면 무량대복이란 한량限量없이 큰 복덕福德이다. 무엇을 '복'이라고 할지는 사람마다 다를 것이다. '새해 복 많이 받으세요'라는 말에 '돈 많이 버세요'라는 의미가 있다는 걸 헤아려 봤을 때, 우리가 흔히 생각하는 '한량없는 복을 가진 사람'은 통장 잔고가 20억쯤 되고 차고에는 외제 차 10대에 서울 강남에 집이 20채쯤 있을 것 같다. (그리고 우리는 '저 사람은 무슨 복이 저렇게 많아서……' 하면서 배 아파하고…….)

그런데 불교 서적에서 읽은 무량대복은 내가 복에 관해서 얼마나 얕은 생각을 하고 있는지 깨우쳐 주었다. 내가 제대로 이해했다면 무량대복이란 황금알을 낳는 닭을 갖게 되는 일이 아니라, 평범한 닭이 그날그날 필요한 개수의 알만 낳아 주는 일이다. 예를 들어 보겠다. (말도 안 되는 비유지만 조금만 참아 주시라.)

잠들기 전 나는 달걀이 다 떨어졌다는 사실을 알게 된다. 나는 매일 달걀 한 알을 먹지 않으면 안 되는 사람이기 때문에 꼭 달걀이 있어야 한다. 그런데 달걀을 살 수 있는 모든 상점은 일주일 동안 임시 휴무에 들어갈 예정이다. 달걀이 워낙 귀하고 비싸서 이웃 사람들에게 빌려 달라고 하기에는 너무 염치없다. 달걀이 없다는 생각에 근심 걱정을 하다가, 아무튼 잠에 빠졌다.

그런데 다음 날 일어나 보니 신기하게도 문 앞에 달걀이 놓여 있는 게 아닌가. 내가 아침에 먹을 달걀, 딱 한 알이었다. 다음 날에도, 그다음 날에도 문 앞에 달걀이 한 알 놓여 있었다.

누구지? 이왕 줄 거면 아예 한 판, 아니 열 판 가져다주면 좋겠다. 그러는 편이 주는 쪽도 수고가 덜 들지 않을까. 게다가 달걀을 더 많이 갖게 된다면 이웃집에 팔아 이윤을 남길 수도 있을 텐데.

하지만 익명의 누군가로부터 아침마다 배달되는 달걀은 꼭 한 알이었다. 그리고 일주일 후 슈퍼가 영업을 다시 시작하자,

거짓말처럼 달걀은 배달되지 않았다.

내가 이해한 무량대복은 '달걀 한 알'의 복이었다. 당장 구하기 힘든 어떤 것, 그것이 절실하게 필요한 때에 정확하게 필요한 만큼 배달되는 복. 다르게 해석하면 내가 무량대복이 있는 사람이라면, 지금 당장 10억과 외제 차가 없는 것은 복이 없어서가 아니라 복이 많기 때문이었다. 나에게 당장 필요 없는 것은 복이 아니라 악이 될 수 있다. 물질적 가치만 클 뿐 필요하지 않은 것을 이고 지고 사는 사람은 복이 없는 편에 속했다.

어쩌다 수많은 달걀이 생긴 사람은 달걀을 보관할 큰 냉장고가 필요할 것이다. 한 대, 두 대, 세 대… 냉장고가 늘어나다 보면 집 평수를 늘려야 하고, 집이 넓어지니 관리비가 많이 들게 된다. 그런데 수천 개의 달걀이 그냥 냉장고에서 썩어 간다. 끝내는 나 대신 썩은 달걀을 버려 줄 노동자를 고용하게 될지도 모른다.

소유한다는 것은 그런 게 아닐까? 애초에 달걀 한 알만 가지고 있으면 그렇게 부산한 인생을 살지 않아도 되는 게 아닐는지.

유럽 여행을 할 때 한 푼이라도 아껴 보려고 표를 끊지 않고 대중교통을 탄 부끄러운 역사가 있다. 몇천 원 아꼈다고 좋아했는데 그런 날에는 꼭 주머니에 돈을 아무렇게 쑤셔 넣었다가 잃어버리거나, 기념품 가게에서 바가지를 쓰거나, 거스름돈을 덜 받아 오는 일이 생겼다. 누군가 내가 제대로 돈을 지불하지 않은 것을 알고 교묘하게 그만큼 가져가는 것 같았다. 달걀이 없어서 이웃집에서 달걀 7개를 훔쳐 먹으면서 좋아했는데, 일주일 뒤 내 냉장고에서 달걀 7개가 고스란히 사라진 셈이었다.

여러모로 나의 무임승차는 오히려 손해였다. 불시에 티켓 검사를 하는 검표원에게 들키면 티켓 가격의 10배가 되는 벌금을 그 자리에서 물어야 했으므로 몰래 대중교통을 탈 때마다 마음을 졸여야 했다. 간은 간대로 콩알만 해지고 그렇게 아낀다고 부자가 되는 것도 아니었다. '마음고생' 비용을 더 냈다는 점에서 오히려 나의 무량대복 그릇은 작아지고 말았다.

통장에 목돈이 생길 만하면 어디선가 큰돈 쓸 일이 생겨서 통장이 '텅장'이 될 때, 허무한 마음을 무량대복이라는 단어로 달래 본다. 통장은 가벼웠다가 다시 무거워지기도 할 테니까.

호주에서 3년 동안 일하던 회사를 나왔다. 밥줄 끊기자마자 타이밍 좋게 내 유튜브 채널이 정부 기관 지원을 받아 연말까지는 그럭저럭 버틸 수 있게 됐다. 나의 지난한 구직의 역사를 돌아보면 고액 연봉자는 못 돼도 그럭저럭 자기 밥벌이는 하면서 살 팔자 같다. 이것도 무량대복이라고 여기고 있다. 내 작은 그릇에 만족하면 남과 나를 비교하지 않을 수 있다. 지금보다 더 큰 복을 내 깜냥으로는 결코 감당해 내지 못할 테니까.

무량대복이라는 말로 인생을 포장하는 게 내키지 않는다면 유기묘 두 마리를 입양해서 '무량이'와 '대복이'라고 이름을 지어 보는 건 어떨까. 아무리 생각해도 고양이만큼 인간에게 무량 행복을 가져다주는 존재는 찾기 힘들다.

삼 천 번 의 고 비

차승원과 유해진이 산티아고 순례길에서 민박집을 운영하는 예능 프로그램 〈스페인 하숙〉을 보면서 불현듯 10년 전 유럽 여행 중 만났던 언니가 생각났다. 언니는 산티아고 순례길을 다녀온 남자라면 다른 건 묻지도 따지지도 않고 결혼할 거라고 했다. 무거운 배낭을 메고 800km의 길을 완주한 남자와 함께 라면 인생의 어떤 고비도 든든하게 넘을 수 있을 것 같다면서.

여태까지 들어 본 말 중 배우자를 선택하는 가장 참신한 발상이었다. 인생에서 정말 중요한 것이 무엇인지 성찰하기 위해 삶의 브레이크를 걸 줄 아는 사람이라면, 고통과 시련 앞에서 좌절하기보다 내면의 허들을 넘기 위해 뭐라도 시도하는 사람이라면, 결혼 생활의 굴곡도 현명하고 지혜롭게 넘을 수 있지 않을까. 그런 사람과 함께라면 800km보다 훨씬 더 길고 험난한 결혼이란 고행길도 마음의 평화와 행복을 찾는 순례길처럼 걸어

나갈 수 있지 않을까.

산티아고 순례길을 걸은 사람과 결혼하려면 일단 먼저 그 고행길을 걸어 봐야 했지만, 빈손으로 8km를 걷는 것도 힘든데, 40리터짜리 배낭을 메고 800km를 걷는 건 말 그대로 극한 도전이었다. 그때까지 나는 인간의 한계를 뛰어넘는 도전에 뛰어드는 사람을 이해하지 못했다. 내게 스카이다이빙이나 번지점프 같은 익스트림 레포츠는 돈을 내고 고통을 사는 행위였다. 사막 마라톤 횡단이나 태평양 수영 종단을 하지 않아도, 침대에 가만히 누워 천장만 바라봐도 희열을 느끼고 숨 쉬는 것만으로 성취감을 느낄 수 있다면 후자가 훨씬 효용성 있는 선택이 아닐까. (게으른 사람은 합리화에 능하다.)

그런 내가 스물넷 무렵, 삼천 배를 했다. 나름대로 인생 최고의 극한 도전이었다. 절에서 하는 청년 수련이 있는데 참가해 보지 않겠냐고, 가볍게 기분 전환을 하고 오라는 식으로 권유한 사람은 엄마였다. 템플 스테이에 대한 좋은 기억이 있던 나는 놀이동산에 가는 아이처럼 설레며 참가 신청을 했다. (실은 주사 맞으러 병원에 가는 것인데.)

산골짜기 작은 암자에 도착하자 입산을 환영하는 듯 함박눈이 펑펑 내리기 시작했고, 기분 탓인지 속세의 눈보다 하얗고 깨끗해 보였다. 앞으로 무슨 일이 벌어질지 모른 채 천진하게 눈을 맞았다. 나 말고 몇몇도 속세와 완벽히 차단된 채 '산은 산이요, 물은 물이로다' 하면서 신선놀음을 하다 돌아갈 줄 알았을 것이다. 그러나 신선놀음은 신선이 된 후에야 할 수 있는 거였다. 신선이 되기 위해 주어진 첫날의 과제는 천 번의 절이었다. 6일간 매일 새벽 3시에 일어나 천 배를 하고, 대망의 마지막 날 삼천 배를 하게 될 거라고 했다. 함박눈의 의미는 열렬한 환영이 아닌 퇴로 봉쇄였다는 것을 그제야 깨달았다.

수행 첫날, 새벽 세 시. 어디선가 목탁 소리가 들려왔다. 손오공이 도망가려고 할 때마다 목탁을 쳐서 발목을 붙잡던 삼장법사가 생각났다. 손오공의 마음으로 꾸역꾸역 법당에 들어가니 부지런한 도반들이 벌써 엎드려 절을 하고 있었다. 108배도 겨우겨우 하는 '절 초보'인 나에 비해 옆에 있는 언니는 내가 1번 절할 때 3번 절하는 '절 고수'였다. 언니는 내가 앉아서 쉴 때마다 다리를 주물러 주었다. 평소 같으면 낯선 사람의 스킨십이 부담스러워 괜찮다고 했을 텐데 염치없이 다리를 내놓고 있는 내 모습이 뻔뻔스러우면서도 웃겼다. 엄마한테 속았다는 배신감을 느낄 겨를도 없이(엄마는 기분 전환을 이렇게 하는구나) 다리를 구부릴 때마다 무릎에서 나는 '뚝, 뚝' 소리에 아연실색했다.

겨우겨우 천 배 미션을 마치고 나면 법당 상단에 앉아 있는 부처님 상을 남몰래 째려봤다. 이것만이 정말 정녕 해탈의 길이 나이까. 그러다 법당 밖을 무심코 내다보면 함박눈이 또 펑펑 내리고 있었다. 일체유심조라 했던가. 중도 하산의 퇴로를 막은 함박눈이 야속했는데 숨이 턱 막힐 만큼 아름다운 산사의 설경을 보니 마음의 때가 말끔히 씻겨 내려가는 기분이 들었다. 역시 모든 일은 마음이 지어내는 것일지도 몰랐다.

천 배를 마치고 나면 자유 시간이었다. 우리가 묵고 있던 작은 별채는 구들장이 있어서 방바닥이 펄펄 끓었다. '산은 산이요, 물은 물이로다' 할 겨를 없이 모두가 한마음 한뜻으로 방바닥에 대자로 누워 근육통에 시달리는 몸을 지졌다. 여기서 '끙' 하면 저기서 '끙' 하는 소리가 들렸고 그럴 때마다 이유 없이 웃음이 났다. 누군가 "우리 여기서 지금 뭐 하는 건지 아는 사람" 해서 또 웃었다. 옆에 있던 친구가 내게 물었다.

넌 여기서 나가면 뭐가 제일 먹고 싶니?
이런 말 해도 되려나……. 삼겹살이랑 치킨.

절 내에서 '묵언'이 규칙이었지만 별채에선 항상 이야기꽃이 피었다. 같은 (극한) 체험을 하고 있다는 것만으로도 쉽게 친구가 되었고 속 깊은 얘기들을 서로 털어놨다. 고민의 무게는 금세 가벼워졌다. 절에서 먹는 밥은 또 얼마나 맛있던지, 수행자들을 위한 채식 위주 오가닉 식단을 이틀쯤 먹고 나니 금세 다들 얼굴이 말개지고 광이 나기 시작했다. 생각해 보면 나에게는 함께 절하는 사람들이 있는 법당이 순례길이었고, 건강한 음식과 따듯한 잠자리를 제공한 별채가 알베르게였다. 우리는 2평 안 되는 공간에서 엎드렸다 일어났다를 반복하는, 제자리걸음을 하는 절 순례자였다. 산티아고를 걷는 순례자들과 달리 물리적으로 아무 곳에도 당도하지 않았지만, 어제의 우리와 오늘의 우리는 결코 같은 곳에 있지 않았다.

6일이 흐르고 극한의 템플 스테이 마지막 날. 삼천 배가 시작되었다. 법당 안에는 사생결단의 결기가 같은 게 느껴질 정도로 비장함이 흘렀다. 나같이 '삼천 배를 어떻게 해. 집에 갈래' 징징대는 부류도 있었다. 나도 모르게 또 한 번 부처님을 노려보았다. 부처님은 또 웃고 있었다. (아무리 화를 내도 상대가 미소로 화답하면 어떻게 당해 낼 재간이 없다.)

이 또한 지나가겠지. 오늘만 지나면 모든 게 끝난다. 시간을 믿자.

자기 운명에 순응하는 한국 근대문학의 주인공처럼 체념하고 받아들이니 마음이 편해졌다. 3,000이라는 숫자를 생각하지 않고 1배, 1배 해 나갔다. 절을 어떻게 했는지 기억도 안 날 만큼 몰입하기도 했다. 도저히 다리가 구부려지지 않을 때는 법당 주변을 걸으며 근육을 풀었다. 포기하고 싶었던 순간도 있었는데 그때마다 누군가 따듯한 차를 가져다주었고 다른 누군가 사탕이나 초콜릿을 조용히 놓고 가기도 했다. 주변 사람들이 힘들어할 때 따듯한 손길 내밀어 본 적 있었나, 반성하게 되었다.

사랑하는 사람들, 미워하는 사람들을 순서대로 한 명씩 떠올려 보기도 했다. 짧은 인생의 하이라이트가 파노라마처럼 지나갔고 알 수 없이 찡한 마음이 들었다. 명치끝에 호두처럼 단단하게 달려 있던 무언가가 사르르 녹아내린 기분이었다.

새벽에 시작한 삼천 배는 밤 9시가 되어 끝이 났다. 다리가 내 다리가 아닌 것 같았다. 해냈다는 성취감과 함께 그 순간만큼은 세상에 어떤 시련도 다 이겨 낼 수 있을 만치 단단한 마음이 되었다. 부처님을 째려봤던 것을 뉘우쳤다. 한결같이 자애롭게 웃고 계셨다.

삼천 배를 마치고 나자 인간이 왜 고통을 마다하지 않고 한계에 뛰어넘으려고 도전하는지 어렴풋이 알 수 있었다. 우리 안에 한계를 뛰어넘는 능력이 내재한다는 것을 확인한 사람만이 그 믿음으로 삶의 시련과 고비도 넘을 수 있을 거였다.

7일간의 기도를 회향하고 큰스님에게 법명을 받았다. 이름을 받는다는 건 새로운 탄생을 의미한다. 다시 태어난 마음으로 함께 살아갈 내 법명은 '환희지'였다. 같이 수행한 도반들이 '환희지' 하고 처음 나를 불러 줬을 때, 정말로 마음에 환희심이 벅차올랐다. 답답한 고치를 막 벗어나 처음 날개를 펼친 나비가 된 것처럼 감격스러웠다.

속세로 나와 다시 날개가 꺾이고 물에 젖을 때마다 다정한 스승과 도반이 있는 절에 가서 절을 했다. 매일 삼천 배를 1주일 동안 하던 때가 기억난다. 이틀째 되던 날 너무 힘들어서 매일 삼천 배를 3년째 하는 도반에게 물어보았다.

이렇게 힘든 걸 대체 왜 하시는 거예요?
끝까지 한번 해 봐. 속이 다 시원해져.

몸은 힘들었지만 확실히 10년 묵은 체증과 화병이 싹 내려 가는 기분이 들었다. 이 좋은 걸 나만 할 순 없었다. 절밥이 맛있 다고 꾀어 와이도 절로 불러들였다. '산티아고를 걸어 본 남자와 결혼하겠다'는 언니의 결심을 나는 '삼천 배를 해 본 남자와 결 혼하겠다'는 다짐으로 변주한 거였다. 그는 삼천 배를 완주하지 못했지만 6일 동안 매일 천 배를 해 냈다. "육천 배를 하느니 너 랑 결혼 안 하고 만다" 하고 도망갔을 수도 있었을 텐데, 와이는 정말 나를 사랑해 주는 사람이었다.

와이는 법사님께 '운덕'이라는 법명을 받았다. 덕이 넘쳐 사 람이 구름처럼 몰려든다는 의미였다. 법사님은 요리사가 되기 로 마음먹은 와이에게 목마른 사람에게 물을 주고 배고픈 사람을 위해 밥을 짓는 사람이 되라 하셨다. 그 말씀 하나만으로 이미 와이가 그런 사람이 된 것 같아 가슴이 벅차올랐다.

이제 환희지와 운덕에게는 결혼 생활이라는 극한 도전이 기다리고 있었다. 그것이 고통스럽기만한 고행길이 될지 진정한 나 자신에게 당도하는 순례길이 될지, 전적으로 우리에게 달려 있다는 것도 삼천 배가 알려 준 소중한 가르침이었다.

고통 1_ 삶의 고통을 묻다

교회에서 교인끼리 '형제' '자매'라고 부르듯 절에서도 불법을 공부하는 도반을 높여 부르는 호칭이 있다. 보통 미혼의 재가 수행자를 '법우'라 부르고 기혼 여성은 '보살', 기혼 남성은 '거사'라고 부른다. 호칭에 대한 의견은 분분하지만, 공통으로 부처님의 법을 배우는 도반을 존중하는 의미가 담겨 있으며 내 옆에 있는 사람을 '부처'로 여기는 수행의 일부이기도 하다.

불법을 공부하면서 많은 법우님, 보살님, 거사님을 만났다. 모두가 나에게 가르침을 준 인생의 스승이자 부처였다. 그중에서도 나에게 가장 큰 깨달음을 준 K 보살님과 H 거사님의 이야기를 해 보려고 한다.

K 보살은 스물셋에 다섯 살 많은 H 거사와 결혼했다. 손만 잡아도 결혼하는 줄 알아서 어린 나이에 일찍 결혼할 수밖에 없

었다는 고백과, 웨딩드레스를 입었을 때 이미 임신 6개월이었다는 사실은 자연스럽게 연결되지 않았다. 배가 남산만 해진 스물셋의 K 보살은 먹고 싶은 게 너무 많고 하고 싶은 게 너무 많았지만, H 거사는 임신한 아내를 어떻게 대해야 하는지 몰라서 술만 퍼먹고 다녔고 가끔 밥상을 엎으며 행패를 부렸다.

복숭아처럼 탱글탱글했던 젊은 K 보살은 결심했다. 아이만 낳으면 내가 저 인간한테서 벗어나야지, 새 삶을 찾아 떠나야지. 그러면서도 자신이 임신했을 때 겪었던 마음고생 때문에 행여 아이가 건강하지 못한 상태로 태어나지 않을까 걱정했고 눈, 코, 입, 사지만 멀쩡하면 좋겠다고 바랐다.

K 보살이 산고를 겪는 동안 H 거사가 어디서 뭘 했는지는 H 거사만이 알고 있다. 스물셋 K 보살은 병원에서 혼자 딸을 낳았고 딸은 건강했다. 다만 귀의 모양이 남들과 조금 달랐다. 귀 바깥쪽으로 작은 구슬 알처럼 튀어나온 이주 부분이 작은 조롱박 모양으로 보기 싫게 돌출되어 있었다. 열 달 만의 반가운 상봉도 잠시, K 보살은 그것이 자기 탓인 것만 같아 펑펑 울었다. 그때까지도 H 거사가 어디서 뭘 하는지 몰랐다.

뒤늦게 병원에 도착한 H 거사의 손에는 빨간 장미꽃이 들려 있었지만 K 보살은 거들떠보지도 않았다. 가장 보고 싶은 사람이었는데 막상 보니까 너무 미웠다. K 보살의 시어머니는 아들이 아니라는 이유로 손녀를 안아 보지도 않고 돌아섰다고 했다.

H 거사가 다섯 살 때 아버지가 돌아가셔서, 거사는 아버지가 된다는 것이 무엇인지 몰랐다. 자신이 아버지가 된다는 것을 실감하지 못하고 얼떨떨한 기분으로 이제 막 태어난 신생아를 받아 안았는데 양수 때문에 쭈글쭈글해진 아이의 얼굴이 무서워서 줄행랑을 치고 말았다.

지도 알았던 거지. 태어나는 게 고통의 시작이라는 걸.

아이는 예정일보다 한 달이나 늦게 태어나서 유난히 더 쭈글쭈글했는데, K 보살은 아이가 세상 밖으로 한시라도 더 늦게 나오기 위해 버텼다고 생각했다. 꽤 철학적인 해석이었다.

'H 거사의 산부인과 도망 사건'이 있고 나서 K 보살은 결심했다. '제 아이를 낳아 주었으니, 알아서 키우라지. 난 이제 저 인간을 벗어날 거야. 안 그러다간 평생 내 인생을 망치고 말겠어.'

보따리를 싸기로 굳게 마음먹었지만 어쩐지 발길이 떨어지지 않았다. 그녀의 딸은 단 몇 초라도 엄마와 떨어지면 동네가 떠나가라 울었다. 이유 없이 열이 펄펄 끓고 구토를 하는 등 자잘한 병치레를 해서 일주일에 한 번은 밤낮을 가리지 않고 부리나케 병원엘 달려가야 했다. 딸이 울음을 그치고 아프지 않은 날이면 K 보살은 보따리를 싸고 문간까지 나갔지만 등 뒤로 딸이 우는 환청이 들려 애써 싼 짐을 다시 풀고는 했다.

갓 태어난 자신의 딸이 원숭이나 외계인인 것 같아서 황망히 도망칠 수밖에 없었다고 항변한 H 거사는 의외로 딸을 애지중지 길렀다. 자기밖에 모르는 인간이었던지라 밥상에 숟가락 하나 놓을 줄도 몰랐는데, 아이가 울면 한밤중에 일어나 어르고 달랬고 아기 분유까지 손수 타서 먹였다. 날이 갈수록 토실토실 살이 오르는 딸이 예뻐서 매일 깨물고 주물럭거렸다. 술을 먹는 날도 확연히 줄었고 일도 더 성실히 했다.

'아비라고, 아비 몫은 할 모양이네.' K 보살은 속으로 비아냥대면서도 H 거사의 변화에 조금 감동했다. 딸을 낳아 내심 서운해하던 시어머니도 자기 아들이 변하는 걸 보고 "이 애는 우리 집의 복덩이"라고 했다. 시어머니는 딸아이의 귀에 브로치처럼 달린 조롱박 모양의 작은 혹에 복이 담겨 있다고 철석같이 믿으며, 아이가 커도 절대 성형수술을 하지 말라고 거듭 신신당부했다. 딸아이의 귀만 보면 알 수 없는 원망이 가득 차오르던 K 보살도 시어머니로부터 같은 얘기를 반복해서 들으니 정말로 그 새끼손톱만 한 혹에 모든 복과 운이 담겨 있는 것은 아닌가 생각했다.

딸을 기르면서 H 거사가 사람 구실을 하게 되었다고 했지만 여전히 같이 살기는 피곤하고 어려운 사람이었다. H 거사 입장도 피차일반이었다. 하지만 서로 미워하던 시간만큼 사랑했던 시간도 있었는지 2년 후 둘 사이에는 아들이 생겼다. 자유를 향한 K 보살의 꿈은 나무꾼 말에 혹해 아이 셋 낳고 하늘로 돌아가지 못한 선녀의 그것처럼 좌절되었다. 이제 K 보살에게는 두 아이가 꿈과 희망이었다.

보살의 딸은 학교에서 공부를 잘해서 언제나 1등이었다. 학원 한 번 제대로 보낸 적 없는데도 공부를 잘하니 학부모 모임에 가면 기세가 등등해졌다. 다른 엄마들이 성적의 비결을 물을 때 K 보살은 어깨만 으쓱했는데 그러면 사람들은 무슨 비장의 무기가 있는 줄 알고 더 안달했다. K 보살도 자기 딸이 어떻게 그렇게 공부를 잘하는지 몰랐다. 자신과 H 거사는 공부와 담쌓는 학창 시절을 보냈고 아이를 키우면서도 책 한 장 읽지 않았는데 그들의 딸은 시간만 나면 책을 읽느라 정신이 없었다. 다른 집은 큰맘 먹고 문학 전집을 사 와도 그 위에 먼지만 쌓인다는데 보살의 딸은 1권부터 30권까지 되는 전집을 모조리, 꼭 순서대로 읽어야 직성이 풀렸다. 전집을 읽고도 마땅히 읽을 것이 없으면 교과서를 읽었는데, 보살이 뉴스에서 서울대 합격자가 "교과서만 보고 공부했어요"라는 말을 듣고 난 터라, 좋은 성적을 받는 것이 정말 교과서를 열심히 봐서라고 생각했다.

H 거사는 딸을 애지중지 부드럽게 대하고 어려워했지만, 아들은 강하게 길러야 한다는 고루한 가부장적 사고로 엄격하게

대했다. 칭찬이나 격려에 인색했고 자신의 말을 어기거나 대들면 심하다 싶을 만큼 회초리를 들었다. 세월이 흐르면서 아들과는 점점 감정의 골이 깊어졌고, 안 그래도 미운 짓만 골라 하는 H 거사가 못마땅했던 K 보살은 그가 아들을 대하는 방식까지 거칠어지자 거세게 항의했다. H 거사가 버럭 화를 내면 눈물만 흘리던 맘 약한 K 보살도 10년이 지나자 강단이 생겨서 할 말을 다 하는 성격이 되었고 둘의 싸움은 더 불같이 타올랐다.

K 보살은 크게 마음이 상할 때마다 예전처럼 보따리를 쌌지만 갈 곳이 없었다. 그때만 해도 이혼이 여자에게는 주홍 글씨였기 때문에 아무리 생각해도 자신이 집을 나가는 것은 손해 보는 일처럼 느껴졌다. H 거사에게 욱하는 기질이 있기는 하지만 그때를 빼고는 괜찮은 남자 같았다. 다른 남자들이 한 번씩 저지르는 도박이나 외도도 없었고, 40대의 H 거사는 어디 데리고 다니기에도 괜찮은 인물이었으며 예전과 다르게 집안일도 꼼꼼하게 잘했다. 무엇보다 자기 없이 홀로 살아갈 H 거사가 너무 걱정되었다. 매우 복잡한 심정으로 K 보살은 보따리를 싸고 풀기를 반복했다.

이토록 마음 안 맞는 남자와 평생 살다가는 단명할지도 모른다는 생각에 보살은 종교에 의지하기 시작했다. H 거사와 두 자식은 주말 아침 영문도 모른 채 성당에 나가 미사 내내 졸았다.

교회에도 나가 봤지만 어쩐지 마음이 크게 동하지는 않았다. 보이지 않는 신에게 마음의 고통을 호소하는 일이 막연하고 추상적이었던 K 보살은 무당을 찾았다.

신의 대리자를 자처한 그들은 K 보살을 위로해 주었다. 지금은 힘들겠지만 오십부터 인생이 펴질 거야. (아직 10년이나 남았잖아요.) 올해 아들은 특히 물을 조심해야 해. (그래, 우리 아들이 어릴 때부터 물을 무서워했지.) 여자가 양기가 너무 세서 그래, 부적을 안방 천장에다 붙여 놓으면 남편이 술을 좀 덜 먹을 거야. (그 인간 술만 안 먹는다고 하면 열 개라도 붙이겠어요.) 신의 대리자들이 K 보살에게 내린 처방들은 효과가 있었지만 아편처럼 일시적이었다. 남편은 술을 끊지 못했고 아들은 학교에서 사고를 쳤으며 딸의 성적은 자꾸만 떨어졌다. 가정 내 모든 게 조금씩 어그러질 때마다 K 보살은 모든 것이 자신의 탓인 것만 같았다. 유일한 꿈과 희망이라고 믿었던 자식들도 성인이 되고 나니 완전한 타인처럼 멀게 느껴졌다.

그러나 돌아보면 힘든 시절만 있던 것은 아니었다. 세상에서 가장 힘들고 어려운 관계가 가족이라고 하지만, 생각해 보면 가족만큼 믿고 의지할 만한 존재도 없었다. 보살을 웃게 하고 행복하게 했던 작은 순간들을 떠올려 보면 거기에는 남편과 자식들이 있었다. 그런데 왜 이렇게 괴로운 걸까. 그 답을 찾기 위해 K

보살은 정말로 보따리를 싸서 먼 길을 떠나기로 했다. 그녀는 살아오면서 한 번도 자기 자신에게 닿아 본 적이 없었다는 걸 깨달았고, 오랜 세월 마음에 쌓아 두고 묵혀 둔 한과 원망을 보따리에 꽁꽁 싸매고 긴 내면의 여정을 떠났다.

고통 2_ 불행의 이면에 답하다

    K 보살은 주변 친구들이 연애하고 결혼을 하니까 자기도 하지 않으면 안 될 것 같아서, 노처녀가 될까 봐 불안해서 남자를 만나 결혼을 했다. 결혼을 하면 아이를 낳아야 하니까 그렇게 했고 아이를 양육하려면 돈이 필요하니까 무슨 일이든 닥치는 대로 했다. 책을 팔았고, 화장품도 팔았고, 보험 상품도 팔았다. 그렇게 단칸 월세방에서 전셋집으로 이사했고 그다음 아파트를 샀다. 월급쟁이 생활로 자식들 대학 등록금까지 대기는 힘들다고 생각해서 작은 식당의 사장이 되었다. 식당 이름은 남매 식당이었다.

    초등학생이었던 남매는 학교가 끝나면 식당에 와서 밥을 먹고 설거지나 간단한 청소를 돕다가 근처 만화방에 가서 〈짱구는 못 말려〉나 〈도라에몽〉을 빌려 보고 문방구 앞에 있는 오락기 앞에서 시간을 보냈다. 한가한 날에는 식당 앞 골목길에서 배드민턴을 치기도 했다. 식당을 하면서 K 보살은 매일 새벽 다섯 시에 일어나 약수터에 가서 20리터의 물을 받았다. 약수와 함께 40킬로 쌀 포대도 번쩍번쩍 들어 옮겼고 오토바이를 운전하며 공사장 인부들에게 직접 식사를 배달했다. 몸이 부서지기 직전 까지 식당 일을 해서 번 돈으로 여기저기 투자를 했고 다른 사업 에도 뛰어들었다.

큰돈을 만지기도 했지만 돈을 더 번다고 그녀가 원했던 행복 이 찾아오는 건 아니었다. H 거사는 여전히 술버릇이 나빴고 사 춘기인 자식들은 점점 부모에게 등을 돌렸다. 돈은 생각지도 않 게 쉽게 벌렸는데, 그만큼 쉽게 달아나기도 했다.

20년간 숨 쉴 틈 없이 열심히 달리기만 하던 K 보살이 생각 지도 못한 돌부리에 걸려 크게 고꾸라지던 날, 일어나 정신을 차리고 둘러보니 주변에는 아무도 없었다. 남은 것이라곤 전세 3,500만 원의 어둡고 눅눅한 반지하 방 2칸뿐이었다.

쉰 살이 되면 다림질한 듯 인생이 펴질 거라 했던 점쟁이 말 과 달리 K 보살의 미래는 더욱더 까마득해져 갔다. 오늘보다 나 은 내일을 꿈꾸며 뼈가 바스러질 때까지 일했지만 빈손으로 결 혼했던 스물셋 시절보다 크게 나아진 것은 없었다. 30년간 제자 리걸음만 격렬하게 했다는 생각에 K 보살은 통곡했다. 인생은 왜 이렇게 고통으로 가득 차 있는 걸까.

K 보살에게 손을 내민 것은 부처님의 법이었다. 4천 년 전석가모니 부처는 모든 고통은 집착과 욕심, 어리석음에서 시작된다고, 그것만 내려놓으면 고통은 순식간에 사라진다고 했다. 이를 '지혜'라고 부르는데 지혜를 얻는 것은 그냥 감고 있는 눈을 뜨기만 하면 되는 원리와도 같다고 했다. 고통이 쉽게 사라질 수 있다는 말에 혹했지만, K 보살은 그것을 어떻게 내려놓아야 하는지 알 수 없었다. 물컵이나 핸드폰처럼 눈에 보인다면 어디에든 내려놓을 텐데 욕심과 집착은 실체가 없어서 어떻게 내려놓아야 할지 알지 못했다. 그래서 K 보살은 매일 엎드려 절하며 기도를 했다. 하루에 천 번의 절을 쉬지도 않고 했다. 눈뜰 때나 눈 감을 때나 만트라를 외웠고 차에 탈 때도 염불하는 스님 목소리를 항상 틀어 두었다. H 거사와 두 자녀는 K 보살이 무얼 하는지 몰랐고 그저 이상한 사이비 종교에 빠지지 않기를 바랐다. H 거사는 K 보살의 행동을 쓸데없는 짓이라고 일축했다. K 보살은 H 거사도 부처님의 법을 배울 수 있길 바라며 기도를 했다. 그 무렵 H 거사와 아들의 관계는 최악으로 치닫고 있었다.

기도가 간절했는지 몇 달 후 H 거사도 부처님 앞에서 엎드려 절을 하는 사람이 되었다. 108배를 하고, 천 배를 하고, 삼천 배를 하고, 오천 배를 했다. 몸을 낮출수록 마음도 낮춰졌다. 엎드려 있을 때마다 자신이 저질렀던 잘못된 행동들이 머리를 스치고 지나갔는지 참회의 눈물을 흘리기도 했다. 태어나 편지라는 걸 한 번도 써 본 적 없는 H 거사는 K 보살에게 장문의 편지를 썼다. K 보살은 그가 정말 사람이 되었다고 감동하면서 두 자녀에게도 보여 주었다.

엎드려 절을 하는 것에 무슨 신비가 있는지 H 거사는 하루가 다르게 변해 갔다. 아들과 종종 투닥거리기는 했지만 아들은 그전처럼 아버지를 미워하지 않았다. 아들은 금세 아버지가 젊었을 때의 나이가 되었고, 더 이상 아버지의 속내와 진심을 모를 정도로 어리지 않았다. 생각해 보면 아들이 아버지를 미워한 적은 없었다. 그저 사랑받고 싶을 뿐이었고 아버지는 사랑하는 법을 몰랐다. 아들은 아버지가 완벽하게 변했다고 생각하지는 않았지만, 변화를 간절히 원하는 어른이라는 것을, 변하기 위해 노력하고 애쓰는 어른이라는 것을 알아서 아버지를 미워하지 않을 수 있게 되었다.

15년 전, 자신에게 닿기 위해 시작한 K 보살의 여정은 아직도 진행 중이다. 그녀는 너무 오랜 세월 '나'만 바라보고 살아왔다는 생각이 들었다고 했다. 자기 입에 풀칠하는 데 급급해서 주변 사람들을 돌아보지 않고 살아온 이기적인 세월이 부끄럽다고 했다. 자기 가정을 챙기느라 제대로 살펴 드리지 못한 친정 엄마를 모시고 지리산으로 내려가 민박집을 열었다. 5년 전부터 해 온 천연염색도 계속 이어 갔다. 밥이 맛있고 주인아주머니가 친절하다는 소문을 듣고 손님들이 찾아왔다. 공들여 만든 천연염색 제품의 진가는 손님들이 먼저 대번에 알아보았다.

물론 천연염색 또한 고강도의 노동이었다. 여러 차례 천을 물들이고 말리고 반복하다 보면 온몸이 안 아픈 데가 없었다. 쌀 가마니를 혼자 옮기던 시절은 이제 지났어, 하면서도 K 보살은 천연염색을 멈출 수 없었다. 그것은 남편이나 자식을 위한 것이 아니라 온전히 자신만을 위한 노동이었다. 환갑을 바라보는 나이에도 아직도 뭔가 시작할 수 있고 해낼 수 있다는 희망을 의미했다. 천연염색을 하고 있을 때 K 보살은 깊이 몰입해 자신과 만났다.

H 거사는 K 보살의 천연염색 노동을 적극적으로 도와주었다. H 거사는 손재주가 좋아서 염색 작업을 할 때 해를 가려줄 그늘막이나 이불을 말릴 만한 큰 건조대도 뚝딱 만들어 냈다. 그런 순간에 K 보살은 수완 나쁜 결혼을 한 것은 아니라는 생각을 했다.

도시에 있을 때는 만성 비염과 위염에 시달렸는데 지리산에 오고부터는 잘 먹고 잘 잤다. 귀농 생활이 생각했던 것만큼 낭만적이진 않았지만, K 보살은 이제 보따리를 싸서 도망가는 것만이 인생의 능사가 아니라는 것을 알았다. 세상이 내 편이 아닌 것 같다는 생각이 도질 때마다 작은 사찰에 가서 기도했다. 세상이 내 편이 되어 줄 이유는 하나도 없었다. 내 편이 되어달라고 원망하는 마음의 문제라는 걸 K 보살은 모르지 않았다. 그런 생각을 하니 오랫동안 마르지 않는 눈물로 흐렸던 시야가 밝아지는 것 같았다.

두 자식에게 재물을 물려주는 것은 이제 불가능해 보이지만, 인생의 고통을 이겨 낼 지혜를 물려줄 수는 있을 것 같았다. 깜깜한 터널 같은 긴 세월을 통과해 온 K 보살의 눈앞에 밝은 빛이 있었다. 어둠에 익숙한 두 눈을 완전히 뜨려면 조금 시간이 필요했다. 그러나 머지않아 보였다.

/ / /

K 보살과 H 거사의 삶은 세상에 완벽한 인생이란 없고 완벽해지려고 노력하는 인생만이 있을 뿐이라는 걸 깨닫게 했다. 그 인생은 완벽한 인생보다 더 완벽하다는 아이러니를 품고 있다. 나의 의지로는 통제되지 않는 생의 고비마다 아무 노력도 하지 않고 '인생은 원래 고통' '행복은 원래 뜬구름 같은 것'이라고 일축해 버리는 것은 얼마나 쉬운가. '내 깜냥은 원래 이 정도' '생긴 대로 살자' 부족한 자기 모습을 합리화해 버리는 일은 얼마

나 게으른가. 내가 할 수 있는 일이 아무것도 없다고 생각하는 무기력한 상황 속에서도 자기 몸을 바쳐서 운명을 개선하려는 사람들이 있다. 그런 사람들의 불행은 생애 최고의 행복을 낳기도 한다.

많은 사람이 자존심 때문에 자신의 불행을 숨기고 행복을 위장한다. 그러나 불행은 부끄러운 것이 아니다. 불행을 숨기고 무탈한 척하는 것이 부끄러운 것이다. 불행은 나의 치부가 아니다. 인간이라면 누구나 하나쯤 가지고 있는 것이기 때문이다. 불행을 솔직히 얘기하다 보면 오히려 내가 생각했던 불행이 불행이 아니라는 것, 불행과 행복은 동전의 양면이라는 것, 불행이라고 여겼던 것이 실은 나의 정체성을 이루고 있다는 것을 알게 된다. 불행과 고통을 모르는 사람이 있다면, 그 사람이야말로 불행한 사람일지 모른다. 그는 아직 자신이 누구인지 모르는 사람이며 언젠가 아주 큰 몫의 불행이 찾아왔을 때 배로 당황하게 될 것이므로.

'아, 행복하다.'

혼자서 이 말을 자주 되뇔 때 나는 K 보살과 H 거사를 떠올린다. 나의 행복은 모두 그들이 물려준 유산이다. '아, 불행하다'는 생각이 들 때도 그 불행을 외면하거나 내 삶에서 배제하지 않

을 수 있을 것이다. 고통과 불행이 어떤 역할을 하는지 그들을
통해 어렴풋이 배웠으니까.

PART 2

부유하다

시간이 나를 따라오네

일요일 오전 11시, 늦은 아침 식사를 하고 앞마당에 캠핑 의자를 펴고 앉아 있으면 세상 부러울 게 없다. 다정하고 온화한 봄볕을 쬐고 있으니 사랑하는 사람 품에 폭 안겨 있는 듯한 기분에 젖는다. 인간에게 쾌락과 유희를 가져다주는 건 다 비싼데 자연은 이렇게 공짜로 누려도 되나 싶다. 공짜인데 제대로 누리는 사람이 많지 않은 건 더 의아하다.

내가 사는 이곳 퍼스는 호주 내에서도 연중 일조량이 가장 많은 도시다. 365일 중 300일은 푸른 하늘을 볼 수 있는 정도라, 날씨 하나 보고 짐 싸서 넘어오는 이민자들이 많다. 물론 나도 그중 한 명이다. 매일 아침 2층 방에서 눈을 떠 창밖을 내다보면 낮게 포복하고 있는 건물들 너머 끝없는 지평선이 보인다. 너른 대지와 맞닿아 있는 눈부신 하늘을 보면 한국에 미세먼지가 많은 날, 푸른 하늘과 맑은 공기를 보내고 싶다. 작은 박스를 열면 고체화된 푸른색의 덩어리가 기화되어 하늘을 파랗게 물들이는 거다. 이런 말도 안 되는 방식이 가능하다면 누구나 푸른 하늘을 공평하게 누릴 수 있다. 맑은 하늘을 누리는 일뿐 아니라 인류 행복이나 세계 평화도 택배 하나로 간단하게 배달하고 전파할 수 있다면 얼마나 좋을까.

한국의 지인들은 푸른 하늘과 바다를 여유 있게 누리는 나의 호주 생활을 부러워하기도 한다. 호주에 처음 정착해 지금과 같은 마음을 갖기까지 그 다사다난했던 과정을 그들이 알 리 없다. 쾌청한 날씨와 여가가 보장되는 대신 포기해야 했던 선택지와, 여유롭고 다소 호화로워 보이는 인스타그램 피드 뒤에 숨겨진 치열한 생존기 또한 알 수가 없다. 호주행을 결심한 건 이곳이 살기에 덜 힘든 곳이었기 때문이지, 흠결 없는 파라다이스이기 때문은 아니었다.

내 조국을 떠나 사는 게 녹록지 않다 보니 최근에는 호주에서 한국으로 역이민을 하는 사람들도 느는 추세다. "호주, 캐나다 이민 절대로 하지 마세요" 하는 사람들의 이야기를 듣다 보면 공감 가는 부분도 있지만 어떤 면에서는 한국에서 기득권을 누리고 산 사람일수록 해외에서의 삶에 만족하지 못하는 게 아닐까 싶다.

호주 한인들은 돈 많은 사람이 제일 살기 좋은 곳은 한국이라는 우스갯소리를 자주 한다. 한국에서 돈이 많으면 어디서든 주인 행세를 하며 최상의 서비스를 누리고 살 수 있지만, 호주에서는 돈이 많아도 언어 때문에 차별받고 이방인이라 외면받는 서러움과 억울함을 참아야 할 때가 있기 때문이다. 반면 한국에서 사회적 약자였던 사람들은 '같은 한국인에게 차별받는 것보다 차라리 외국인한테 차별받는 게 낫다'는 말까지 한다. 같은 편이라고 믿었던 사람에게 배신당하고 상처받는 것보다 나와 상관없는 완전한 타인에게 무시당하는 편이 낫다는 말은 극단적이긴 하지만 이해가 가고, 곱씹다 보면 마음 아프다.

살면서 한 번도 약자인 적 없는 사람들은 '외국인'이라는 소수자 위치로 밀려났을 때의 모멸감과 자괴감을 더더욱 견디지 못한다. 그들에게는 아이들이 마음 놓고 뛰어놀 수 있도록 안전에 각별히 신경 쓴 놀이터나 공원, 모든 버스에 장착된 장애인 휠체어 램프ramp, 몰래카메라 걱정하지 않고 마음껏 태닝을 즐길 수 있는 해변, 나이가 많다고 해서 무조건 존경하고 떠받들지 않는 수평적인 문화가 큰 메리트로 보이지 않는다.

노동 강도에 비해 보수는 많지 않은 육체노동을 평생 하고 살 수 없다는 이유로 역이민을 하면서, 한국에도 육체노동자가 있다는 사실을 자각하지 못하는 경우가 더러 있다. 아시아인으로서 인종차별을 당한 일에 화가 나지만 한국에서 내가 장애인을, 여성을, 아이들을, 동남아시아 노동자들을 차별했다는 것은 잘 모르기도 한다.

"호주 별로, 캐나다 별로" 하는 말이 내게는 가끔, 기득권을 가진 사람으로 돌아가고 싶다는 말처럼 들릴 때가 있다. "호주나 캐나다보다는 동남아시아에서 왕처럼 사는 게 낫지"라는 말을 덧붙일 경우에는 더더욱 그렇다. 낯선 타국에서 살아가며 느끼는 소외감이나 무력감이 서럽기는 하지만 자신이 태어난 나라에서도 그런 감정을 매일 느끼며 살아가는 사람들이 어딘가에 있다는 사실을 알게 되는 것만으로도, 이민 생활은 해 볼 만한 가치가 있다.

호주에 살고 있다는 이유만으로 한국에서의 삶을 깎아내리고 '호주 만세' 하고 싶지는 않다. 한국이든 호주든 둘 다 살기에는 장단점이 있다. 어떤 장점을 취하고 어떤 단점을 받아들이며 살 것인가에 관한 문제다. 내가 선택한 것은 돈이나 커리어가 아닌 날씨와 여유였다.

퍼스를 방문했던 한 지인은 퍼스는 시드니나 멜버른 같은 대도시와 분위기가 매우 다르고, 서로 비교하거나 경쟁하는 분위기가 덜 느껴진다면서 이곳을 '탐욕스럽지 않은 도시'라고 묘사했다. 하와이와 괌 못지않은 휴양지 풍경과 눈부신 해변, 사시사철 푸른 공원과 호수 그리고 조용한 스완강 근처에 앉아 쉬거나 조깅을 하는 사람들의 얼굴을 보면 깨끗한 자연 속에서 사는 것이 인간에게 얼마나 큰 축복인지를 새삼 느낀다. 자연을 마주보고 사는 사람은 봄바람에 나뭇잎이 살랑거리는 속도, 강물이 유유히 흘러가는 속도에 맞춰 살아간다. 자연이라는 선율에 리듬을 맞추는 인생은 그 자체로 아름다운 음악이 된다. 비록 트렌드에는 다소 뒤처져 있는 도시지만 수수한 차림의 사람들 표정은 밝고 건강해 보인다. 비싼 명품은 아무나 살 수 없지만 오늘 같은 봄볕 아래 와인 한 잔 정도는 누구나 공평하게 누릴 수 있는 곳이다.

///

와인 맛은 잘 모르지만 맥주보다 배가 덜 부르고 소주보다 덜 독해서 좋아한다. 와인은 햇살 좋은 낮에 마셔야 제맛이다. 인간이 누릴 수 있는 수만 가지의 축복 중 하나는 바로 낮술이 아닐까. 밝을 때 취하면 밤에 취할 때보다 기분이 배로 좋아진다. 같이 마시는 사람이 없어도 궁상맞거나 쓸쓸하지 않다. 그런 순간엔 오히려 혼자가 좋다. 누가 그랬더라. 타인과 있을 때는 반만 '나'이지만 혼자 있을 때 '나'는 완전하다고. 낮술 한 잔, 알딸딸한 상태에서 눈을 감고 쏟아지는 햇볕을 나른하게 맞고 있으면 명상이 따로 필요 없다. 봄기운에 푹 젖어 잠시 시간을 잊고 나를 잊는다.

한국에서는 황급히 시간을 쫓아가곤 했는데 이곳에서는 시간이 나를 따라온다. 오후 한 시쯤 되었겠지 싶어 시계를 보면 채 열두 시도 되지 않았을 때가 많다. 당근의 주홍빛을 한참 동안 들여다보거나, 좋아하는 책의 구절을 여러 번 반복해서 읽거나 써 본다. 바람에 흔들리는 나뭇가지, 전깃줄에 앉아 있는 비둘기, 어느새 자라 버린 잡초, 산책을 즐기는 옆집 고양이, 마당의 흙을 들추고 발랄하게 기어 나오는 땅벌레를 가만히 바라보는 일들로 시간을 채워 나간다. 그렇게 많은 일을 하고도 시간은 여전히 저만치서 나를 따라온다. 아등바등 자신을 괴롭히면서까지 열심히 살지 않아도 괜찮다는 사실을 배우러 여기까지 왔는지 모르겠다.

적게 벌고 적게 쓰는 삶에 관해 자주 생각한다. 적게 일하는 대신 스트레스도 적게 받아 '시발 비용'(비속어인 '시발'과 '비용'을 합친 단어로 '스트레스를 받지 않았으면 발생하지 않았을 비용'을 뜻하는 신조어)을 줄이자. 여유 시간에 명상도 하고 운동도 열심히 해서 건강 비용도 줄이자. 가끔 아무것도 성취하지 못한 나로 살아가는 삶을 생각한다. 어디에도 가 닿지 못하고 평생 먼지처럼 목적 없이 부유하다 끝나 버리는 삶. 아지랑이처럼 잠깐 피어오르다 사라져 버리는 삶.

'아, 그래! 아무것도 성취하지 않는 것을 성취하는 삶은 어떨까.'

느리게 흘러가는 시간에 권태가 느껴질 때엔 짐을 싸서 훌쩍 아웃백 캠핑 여행을 떠난다.

몇 년 전, 우리는 7시간 운전을 해서 유명한 관광지인 칼바리 국립공원에 도착했다. 입구에 도착하자 우릴 맞이한 건 보수 공사 중이라 입장이 불가능하다는 표지판이었다. 허탈한 마음으로 차를 돌려 숙소로 가는 길, 눈앞에 어마어마한 해안 절벽이 펼쳐졌다. 흥분한 우리는 차에서 내려 짙푸른 인도양과 유구한 역사를 함께했을 기암절벽을 넋 놓고 구경했다. 물과 암석만으로 이루어진 다른 행성에 잠시 와 있는 듯 경외와 공포가 동시에 드는 풍경이었다. 인간이 태어난 이유는 별거 없고 이런 걸 보기 위해서라는 생각이 절로 들었다.

거기에서 낚시를 하던 젊은 청년이 절벽 아래로 낚싯대를 던지다 말고 우리를 향해 "저기 봐, 고래가 있어" 소리쳤다. 그가 손가락으로 가리킨 곳을 보니 수면 위 잠깐 드러났다 사라지는 고래 등이 보였다. 두세 번 그렇게 헤엄치더니 다시 보이지 않았다. 바닷속 깊이 잠수해 버린 것이다.

그때 나는 우리가 그토록 원하는 마음의 행복도 저 고래 같은 게 아닐까 생각했다. 스스로 발견하지 않으면 경험할 수 없는 것, 발견하더라도 아주 잠깐 맛볼 수 있는 것, 그냥 왔다가 사라지는 것, 그렇지만 완전히 없어지지 않는 어떤 것. 눈앞에 더 이상 보이지 않는다고 해서 고래가 없어진 건 아니니까.

고래는 지금도 망망대해 짙은 어둠 속에서 느릿느릿 유영하고 있을 것이다. 그 고래의 존재가 왠지 모르게 나를 안심시킨다. 나도 혼자서 거대한 대양을 헤쳐 나갈 수 있을 것 같은 용기가 샘솟는다. 저만치, 시간이 나를 따라오는 것을 천천히 느끼면서.

기 - 승 - 전 - 다 행

9박 10일의 긴 휴가를 앞두고 있었다. 발리에 가려고 두 달 전 미리 비행기 표를 끊어 놓았는데, 와이의 여권 만료일이 2개월도 채 남지 않았다는 사실을 출발 2주 전 알게 되었다. 비행기 푯값은 일부만 환불받을 수 있었다. 얼마나 기대했던 여행인데. 화가 나지만 이런 경우 나만의 극단적인 마인드 컨트롤 방법이 있다.

'만약 발리에 갔으면 오빠가 잠깐 화장실 간 사이에 나 혼자 강도를 당해서 가진 돈을 다 잃게 될 거야. 그것도 모자라 이름 모르는 섬으로 끌려가서 심한 고문을 당했을지 몰라. 다행히 구출되었지만 트라우마 때문에 평생 고통받으며 살겠지. 아, 발리에 못 가게 된 것은 얼마나 다행인가.'

나는 이것을 '기-승-전-다행' 이론이라고 부른다. '기승전'의 내용이 어찌 됐든 나의 출중한 스토리텔링 능력을 토대로 언제나 내게 다행인 결말을 만들어 내는 것이다.

스웨덴 교환학생 시절, 유럽 여행을 하던 도중 공항에서 추방당한 경험이 있다. 그때 나는 5만 원짜리 저가 항공을 이용해 첫 목적지 영국에 도착했다. 히스로 공항 입국 심사대에 서자 눈동자가 아름다운 흑인 여성이 내 눈을 유심히 바라보았다. 그녀의 눈이 너무 깊고 맑아서 잠시 넋을 놓고 보다가, 바보처럼 웃지 않으면서 최대한 착해 보이는 얼굴을 만들려고 애를 썼다. 이 사람에게 허락을 받아야 런던 시내를 구경할 수 있다는 건 알았지만, 히스로 공항의 입국 심사가 유난히 까다롭다는 건 모르던 때였다. 오로지 비행기 표 하나만 믿고 아무런 정보 없이 현지에 가서 부딪혀 보는 게 당시의 내 여행 스타일이었다.

반짝이는 눈동자를 가진 입국 심사원은 어느 숙소에 묵을 거냐고 물었다. 나는 또다시 착한 얼굴을 만들어 보이며 카우치 서핑을 이용해 낯선 사람 집에서 잘 예정이라고 답했다. 집주인의 이름과 주소와 성별을 묻는 말에 나는 아무 답변을 하지 못했다. 기억이 나지 않았다. 카우치 서핑을 하기 위해 수많은 런더너에게 이메일을 보냈고 그중 긍정적인 답변을 한 사람의 이메일 주소와 전화번호만 급하게 적어서 넘어온 터였다.

입국 심사원이 "아, 숙소비도 아끼고 그 나라의 문화와 일상도 접할 수 있는 카우치 서핑을 이용해 여행하다니, 너 여행 좀 할 줄 아는구나"라고 이해해 줄 리 없었다. 갑자기 입국 심사원의 얼굴이 심각해지더니 건조하고 날카로운 인상의 안경 쓴 남자가 나타났다. 그는 내게 캐리어를 열어 보라고 했다. 그리고는 구석구석 꼼꼼하게 캐리어를 검사하더니 으슥하고 좁은 사무실로 나를 데려갔다.

신분이 확인되면 두세 시간 후쯤 영국에 입국할 수 있을 거라 믿으며, 낡은 소파에 앉아 천장과 벽지만 멀뚱멀뚱 보고 있는데 누군가 바짝 마른 샌드위치를 가져다줬다. 그는 소파 옆 책상 위에 놓여 있는 DVD를 봐도 좋다고 했고 내 눈에 마침 〈노팅 힐〉이 눈에 띄었다. 〈노팅 힐〉에 나오는 서점에 가 봐야겠다고 생각하며 오이와 달걀이 듬성듬성 들어간 퍽퍽한 샌드위치를 입에 욱여넣었다.

영화가 끝나고도 몇 시간이 지났지만 아무도 나를 데리러 오지 않자 덜컥 겁이 나기 시작했다. 혹시 나도 모르게 내가 어떤 범죄를 저지른 건 아닐까. 영국 감옥에 갇혀서 평생 살게 되는 건 아닐까. 그때 반짝이는 눈동자를 가진 입국 심사원이 잔뜩 겁에 질린 나를 다른 사무실로 데려갔다.

잔뜩 긴장해서 울음을 터트리기 직전의 내 얼굴을 본 입국 심사원은 딱딱하게 굳은 표정을 부드럽게 풀고 타이르듯 내게 말했다.

> 당신이 가지고 있던 번호로 전화를 걸어 봤어요. 그 사람이 남자인 건 알고 있었나요? (몰랐다.) 그에게 어떻게 카우치 서핑을 하고 있는지 물어봤습니다. 그 사람이 사는 집은 원룸 스튜디오였거든요. 그는 두 사람이 잘 수 있을 만큼 큰 침대를 가지고 있기 때문에 당신과 같이 자는 것에는 문제가 없다고 하더군요. 알고 있었나요?

그제야 나의 대책 없음에 어이가 없어서 말문이 막히고 눈물이 났다. 그 와중에 '아, 노팅 힐은 물 건너갔구나' 아쉬워하는 내 자신에게 화가 났다.

> 당신은 젊고 취약한 여성이에요. 낯선 나라에 입국했다가 불의의 사고로 사라져도 당신을 구해 줄 사람은 이곳에 없어요. 안전하게 여행하면서 당신 스스로를 지켜야 해요.

나는 그 말에 어쩐지 서럽기도 하고 고맙기도 해서 애처럼 엉엉 목 놓아 울었다. 샌드위치를 가져다주었던 사람이 이번에는 따뜻한 차를 가져다주었다. 그날 나는 〈노팅 힐〉 DVD가 꽂혀 있던 책장 옆 소파에서 하룻밤을 보냈다. 히스로 공항, 펑펑

한 샌드위치, 블랙 티와 〈노팅 힐〉 DVD. 그것이 내 영국 여행의 전부였다.

다음 날 스웨덴으로 송환되었다. 영국인 경비 두 명이 양 옆에서 나를 호송해서 스웨덴으로 가는 비행기 좌석에 앉는 것까지 확인했다. 다른 승객들이 무슨 일인가 싶어 쳐다보았다. 런던에 못 가게 된 것은 아쉬웠지만 한편으로는 다행이다 싶었다. 입국 심사원의 말대로 만일 정말로 그 남자의 집에 들어섰다가 불미스러운 일이라도 생기면 누가 나를 구해 주고 보호해 줄까. 반짝이는 눈동자를 가진 입국 심사원이 어쩌면 나를 위험으로부터 보호하려는 내 인생의 구세주가 아닐까 하는 생각마저 들었다.

'아, 런던에 못 가게 된 것은 얼마나 다행인가.'

그 이후로도 나는 일이 마음먹은 대로 풀리지 않을 때마다 그것이 얼마나 내게 다행인지를 자주 상상했다. 좋아하는 남자와 잘 안 됐을 때 더 괜찮은 남자를 만날 가능성을 점쳐 보고 원하는 회사에 취직이 안 됐을 때 그 회사에서 만날 수도 있었을 악연의 수를 헤아린다. 복권이 당첨되지 않았을 때 20억 복권이 당첨되고 생겨날 수 있는 불행의 수에 관해 떠올린다.

물론 이것은 다 말도 안 되는 합리화다. 하지만 후회와 미련과 슬픔과 좌절로 점철된 현재의 감정을 돌보는 데는 꽤 효과가 있다. (모든 것이 그렇듯 남용하면 부작용이 생긴다. 슬플 땐 정말로 슬퍼해야 하는 때도 있다.)

'기-승-전-다행' 이론은 부부싸움도 막을 수 있다. 만료일이 코앞에 다가온 와이의 여권을 애써 외면하며 날려 버린 비행기 표 가격이 얼마였는지 잊는다. '발리에 가지 않아서 천만다행이야'라고 믿는다. 그러면 인생은 정말로 '다행인 일'로 가득 차게 된다.

끝나지 않는 진로 고민

1년 동안 일한 카페를 그만뒀다. 그 카페에는 호주에서 나고 자란 백인들로 구성된 호주 '본토인파'와, 성인이 되어 호주에 공부하러 왔거나 영주권을 따러 온 '이민자파'가 매일 보이지 않는 기 싸움을 했다. 본토인들은 힘든 일을 안 하려고 뺀질거리는 대신 각종 입담과 재간으로 단골손님을 만들고 카페 이미지를 만드는 데 능했다. 이민자들은 언어가 미숙한 대신 손이 빠르고 꼼꼼했으며 궂은일을 시켜도 불평하지 않았다. 본토인은 밥그릇 싸움에서 지지 않기 위해 언어를 무기로 앞세워 이민자파 일원들을 무시했고 때로 조롱했다. 그러나 카페의 권력자는 이민자파의 영국인이었기 때문에 본토인이 텃세를 부려도 이민자파 일원들은 보호받을 수 있었다.

그러던 어느 날 이민자파 대장 영국인이 카페를 떠났다. 영주권을 딴 것이다. 그녀는 영주권을 따기 위해 카페에서 일하며 흘린 눈물이 그동안 내린 커피보다 많다고 했다. 영주권을 따기까지 자신에게 5년간 스폰서십 비자를 제공했던 카페와 작별을 고하는 영국인 대장의 얼굴에는 털끝만큼의 미련이나 아쉬움도 없어 보였다.

기다렸다는 듯 매니저는 본토인에서 선출되었다. 그동안 대장질을 못 해 안달 나 있었던 본토인의 기세는 등등해졌고 기에 눌린 이민자파 일원들은 하나둘 카페를 그만뒀다. 나도 오래 버티지는 못하고 백수를 자처했다. 일이 힘든 것은 견딜 수 있지만 모멸감은 홀로 견디기 어려운 일이었다.

백수가 되면 마냥 행복할 것 같지만 나름의 고충이 있다. 아침에 눈을 뜨고 제일 먼저 드는 생각은 '오늘 뭐 하지'였다. 유튜브와 오전 나절을 보내고, 넷플릭스와 오후 나절을 보냈다. 누워서 스마트폰을 보고 있으니 한쪽 어깨가 결려 오고 혈액 순환이 안 됐다. 안압이 높아져 편두통이 오기 시작했다. 가만히 누워서 노는 것도 힘든 일이었다. 무기력한 백수의 날들이 2~3주 지속되자 나 자신이 밥만 축내는 쓸모없는 인간처럼 느껴졌다. 한창 젊은 나이에 인생을 낭비하고 있다는 생각이 들었다. 백 세 시대에 벌써부터 이렇게 살 수는 없었다.

'지금이라도 늦지 않았다. 기술을 배우자. 그런데 무슨 기술을 배우지? 차 정비? 요리? 미용? 자격증을 먼저 따는 게 좋을까, 아니면 영문학 공부를 이어 나가 볼까. 철학을 배워 볼까. 굶어 죽기 딱 좋은 생각만 하는구나.'

그렇게 시작된 진로 고민은 나를 좀먹기 시작했다.

'아, 실은 아무것도 하기 싫다. 돌이 되고 싶다…… 돌아 버리겠다……'

무료함과 피폐함에 돌아 버리기 직전 나를 구원하는 TED 영상 하나를 만났다. (유튜브 만세!) 연설자의 이름은 엠마 슬레이드. 1995년 그녀는 서른 살이라는 이른 나이에 투자증권회사 임원으로 발탁되었다. 개발도상국 경제가 성장하던 90년대 초 엠마 슬레이드는 인도네시아, 베트남, 홍콩을 비롯한 동아시아 전역을 누비며 자본의 흐름을 분석하고 현지 회사에 투자를 설득하는 일을 하며 고액 연봉을 받았다. 세계 곳곳 비즈니스 출장을 다니며 각종 콘퍼런스와 화려한 파티에 참석했고, 언제나 5성급 고급 호텔에 머물렀으며, 명품으로 멋을 낸 자신의 모습을 바라보는 주위 사람들의 시선을 즐겼다.

진로 걱정 없이 자기 일을 즐기며 미래까지 창창한 서른 살의 여성에게 어느 날, 일생일대의 사건이 발생한다. 인도네시아

자카르타 출장 중 머무르던 호텔 방에서 권총을 든 익명의 남성에게 살해 위협을 받게 된 것이다. 차가운 총구 앞에서 꼼짝없이 죽을 줄로만 알았던 그녀는 천운으로 방을 탈출했다. 목숨은 건졌지만 외상 후 스트레스로 집중력과 기억력이 현저히 떨어져 일상생활조차 제대로 할 수 없게 되었다. 사고 당일 들었던 발소리와 비슷한 소리만 들어도 경기를 일으켰다. 일을 그만두고 정신과 상담과 약물 치료를 이어 나갔지만 소용없었다. 그녀는 금융 투자에 관한 전문가였지, 마음의 고통에 관해서는 아무것도 알지 못했다.

그러던 중 우연히 아쉬탕가 요가를 만나게 되었다. 몸과 마음의 유기성을 깨닫고 요가를 통해 육체와 정신을 다스리며 내면을 치료했다. 진정한 행복과 자유를 위해 고군분투했던 한 여성의 파란만장한 인생을 다 요약할 수는 없겠지만, 결론적으로 그녀는 지금 부탄에서 비구니가 되었고 부탄의 어려운 이웃을 돕기 위해 각종 프로젝트와 기부 활동을 벌이고 있다.

누구나 선망할 서른 살의 '잘나가는' 전문직 여성이 비구니가 되었다는 스토리의 자극성보다 생사의 기로 앞에서 직업적 능력과 재산이 아무런 힘을 발휘하지 못한다는 사실, 아무리 많은 돈을 들여 치료를 받아도 삶의 고통을 치유해 주지 못했다는 사실이 인상 깊게 다가왔다. 다시금 진정한 진로의 의미를 생각하게 했다.

그동안 내가 생각해 온 '진로'는 '직업'의 유사어였다. 청소년기 진로 상담은 대학교에서 무엇을 전공할지에 관한 것이었고 대학생의 진로 고민은 사회에 나가 어떤 직업을 취할 것인지에 한정했다. 국어사전에 따르면 진로란 '앞으로 나아가는 길, 앞으로의 삶의 방향'이라는 좀 더 넓은 의미를 내포하고 있다. 무엇으로 먹고사느냐의 문제와 함께 어떤 인생을 살지에 관한 포괄적인 성찰이기도 한 것이다. 만일 직업이 곧 진로라면 피치 못할 사정으로 일을 할 수 없는 처지에 있는 사람, 하고 싶은 일이나 좋아하는 일을 미처 선택하지 못한 사람은, 평생 방향을 찾지 못하고 인생길에서 헤맬 수밖에 없다.

끔찍한 사건을 딛고 일어나 새로운 진로를 찾게 된 엠마 슬레이드 스님의 연설을 통해, 하루빨리 자격증을 따서 번듯한 직업을 가져야 한다는 조급함과 직업을 통해 자아실현을 하려는 강박관념을 조금이나마 내려놓을 수 있었다. 앞으로 나아가야 할 길, 삶의 방향을 새삼 다시 생각하면서 진로 자체보다 진로를 바라보는 내 마음에 관해 고민하게 되었다. 우선 내가 어떤 모습이든 나 자신을 긍정하는 태도가 시급했다. 이틀째 머리를 안 감은 백수의 나, 스마트폰 중독이 되기 직전의 나, 이런저런 이유를 대며 자꾸 일을 그만두는 나, 자꾸만 우울하고 무기력해지는 나. 이런 나를 사랑… 아, 어렵다.

마음이 내 마음대로 통제되지 않는다는 걸 깨닫고 몸을 움직이기로 했다. 아주 오랫동안 마음만 먹고 미뤄 왔던 아쉬탕가 요가를 등록한 것이다. 요가 선생님은 요가의 핵심 중 하나가 호흡이 코를 통해 들어오고 나가는 것을 지켜보는 거라고 했다. 요가 할 때만큼은 들숨과 날숨, 이 두 가지가 내 인생에서 가장 숭고한 행위처럼 느껴졌다. 6개월쯤 꾸준히 수련하자 어깨가 넓어지고 대퇴부가 단단해졌다. 떡대와 튼튼한 장딴지야말로 험난한 인생을 살아가는 데 필요한 핵심 요소였다.

요가를 다녀오면 샤워를 하고 식사를 했다. 내가 나를 돌봐준다는 생각으로 열심히 씻기고 규칙적으로 먹였다. 스마트폰 사용 시간을 제한하고 책을 읽었다. 블로그에 글을 썼다. 손글씨로 독후감을 쓰는 영상을 유튜브에 올렸다. '이런 재미없는 영상을 누가 봐' 하면서도 매주 만들어서 '좋아요'와 '구독'을 애걸했다. 이 모든 걸 하고도 남는 시간에는 걷고 또 걸었다. 온종일 걷고 나면 깊은 잠을 잤다. 그리고 한 달에 20달러씩 기부했다. 그러면 내가 아주 쓸모없지는 않다고 느껴졌다.

진로에 관한 관점을 바꾸고 일상을 주도적으로 가꿔 가는 방법을 배우고 나니 회사나 친목 모임이라는 소속감이 없어도 외롭지 않았고 '시발 비용'을 들이지 않아도 무료함이나 공허함이 해소되었다.

나의 진로 고민은 여전히 계속되고 있다. 하지만 전에는 어디로 가야 할지 방향과 갈피도 못 찾았다면, 이제는 어떤 길을 어떻게 가야 할지를 고민한다는 점에서 좀 나아진 것 같다. 들숨과 날숨의 길, 운동화를 신고 씩씩하게 걷는 길, 누군가와 같이 걷는 길, 조금 느려도 꾸준히 매일 걷는 길, 그리고 '좋아요'와 '구독'에 연연하는 길로 한 걸음씩 천천히 나아가고 있다.

나 데 리 고 사 는 법

아쉬탕가 요가를 시작한 지 6개월이 되었다. 새벽반 운동을 반년째 하고 있다니 믿을 수가 없었다. 작년 여름, 프로모션 행사로 요가 수강료 50불을 지불하고, 한 달 중 달랑 하루를 나간 나였다. 요가는 나와 맞지 않는 운동이라고 생각했는데 지금 충분히 요가를 즐기고 있는 걸 보면, 운동을 시작할 때 중요한 건 나에게 맞는 장소의 분위기나 지도자를 찾는 게 아닐까 싶다.

편안한 분위기와 선생님을 만나 꾸준히 요가를 해 오고 있지만 새벽에 이불을 박차고 요가 센터까지 가는 일은 요가를 배우는 것보다 더 어렵다. 푹신한 침대에 누워 이불을 뒤집어쓴 채 '오늘은 건너뛸까' 유혹이 밀려들 때마다 일단 가서 출석 체크만이라도 하고 오자고 나를 살살 어르고 달랜다.

반쯤 감은 눈으로 요가 센터에 도착해서 몸을 풀고 나면 언제 귀찮아했냐는 듯 공복에 땀을 뻘뻘 흘리며 1시간 30분의 요가 시퀀스를 무사히 마치게 된다. 하지만 다음 날 아침이 되면 어김없이 '오늘은 좀 피곤한데' 하면서 핑계를 찾다가 '피곤하니까 앉아서 명상만 하고 오자' 새로운 말로 나를 어르고 달래 요가 센터에 보낸다.

애도 아닌데, 나 데리고 살기 참 피곤한 노릇이다. 부모님은 오죽했을까 싶다. 어린 시절 엄마에게 학교 가기 싫다고 하면 "1교시만 하고 와" 하던 게 기억난다. 정말로 1교시만 하고 올 작정으로 등교했는데 막상 학교에 가면 친구들이랑 하는 이야기와 수업이 재미있어서 6교시까지 금방 마치게 되었고, 심지어 누군가는 하기 싫어서 슬슬 도망 다니는 청소 시간까지 즐거워했다.

가기 싫고, 하기 싫고, 꼴 보기 싫은 마음이 드는 그 찰나의 고비만 넘기면 보상처럼 즐거움과 기쁨이 주어진다는 걸 알고 있으면서도, 비루한 몸은 엄마 말 안 듣는 네 살짜리 애처럼 제하고 싶은 대로만 하려고 떼를 쓰고 기를 쓴다.

가끔 '하나를 시작하면 꾸준히 한다'는 평가를 받을 때마다 민망하다. 나는 나만큼 끈기 없고 변덕스러운 사람을 아직 못 만났다. 얼마 전에도 직장 상사의 자조와 푸념, 비아냥거림으로 인한 정신적 고통이 심해져 "저는 이만 회사를 그만두겠습니다" 하고 나와 버렸다.

무언가에 도전하다 벽에 부딪히면 '내가 기를 쓴다고 되는 것도 아니고, 안 되면 말지' 하고 금방 포기하는 편이라 아마 남편이 아니었다면 진작 호주 생활을 접고 한국으로 돌아갔을지도 모른다. (이렇게 살면 인생은 비루할지라도 마음은 편하다.) 요즘은 만나는 사람에게 아쉬탕가 요가의 매력을 찬양하고 있는데, 금방 마음이 바뀌어 아쉬탕가 요가는 신체와 영혼을 갉아먹는 최악의 운동이라고 얘기하고 다닐 가능성이 농후하다.

아직까지는 요가의 힘을 열렬히 신봉하며 기분 좋은 마음으로 몸과 마음에 근육을 길러 가고 있다. 한 가지를 꾸준히 하는 힘은 없지만 작심삼일을 여러 번 반복하다 보면 성취할 수 있는 것이 있다고 생각한다. 작심삼일도 100번을 하면 1년이 된다는 말이 있지 않은가.

나를 아쉬탕가 요가로 이끈 엠마 슬레이드 스님의 첫인상은 굉장히 스타일리시하다는 거였다. 유명 연예인이 예쁜 옷을 입고 나오면 따라 입고 싶은 것처럼 나도 스님처럼 오른쪽 어깨와 팔만 드러내고 붉은빛 가사 장삼을 두르고 싶다는 생각이 들 정도로 옷맵시가 좋았다. 오른쪽 팔뚝에 미세하게 보이는 근육만으로도 스님의 모습은 다이아몬드처럼 단단하고 뚝심 있어 보였다. 강연할 때의 목소리는 차분하고 매력적인 저음이었다. 단어와 문장 사이사이에 섞인 묵직한 호흡들이 내뱉어진 말보다 더 큰 의미를 담고 있는 것처럼 들렸는데, 스님이 출가 전 아쉬탕가 요가로 트라우마를 이겨 냈다는 부분에 꽂혀 있던 터라 그 모든 것이 요가의 힘인 것만 같았다. 나도 깊은 눈동자와 인자한 미소, 탄탄한 근육을 가진 튼튼하고 씩씩한 중년 여성이 되고 싶다. 그러기 위해서는 요가 센터에 가야 하는데 오늘도 눈 뜨자마자 이불 속에서 오만 가지 생각을 하며 발가락만 꼼지락거렸다.

오늘의 '나 달래기 문구'는 '일단 요가복을 입자'였다.

'나야. 요가복을 일단 입자. 그러고도 가기 귀찮으면 그때는 늦잠을 더 자자.'

옷을 갈아입고 정신을 차려 보니 어느새 찻물을 끓이고 있었다. 요가를 하고부터는 아침에 찬물을 벌컥벌컥 마시는 대신 따듯한 물을 호로록 조심스레 마시는 습관이 들었다. 페퍼민트 티를 마시며 요가 센터를 향해 걸어가는 길, 원초적인 욕망에 충실한 '벌컥벌컥'의 삶 대신 마음이 데지 않도록 경계하는 '호로록' 인생을 살자고 다짐해 보는 길. '호로록' 소리가 명료하게 들리는 조용한 새벽하늘에는 달과 별이 환했다. 어차피 땀 흘릴 건데 하면서 세수를 생략하고 나왔더니 얼굴이 부스스했다. 이건 새벽 요가 클래스의 장점 중 하나다. 수련장 내부가 어두워 서로의 얼굴이 잘 보이지 않기 때문에 나의 흐트러진 외양도, 오래전에 산 낡은 요가복도 부끄러워하지 않을 수 있다. 내가 어떻게 보일지에 관한 생각만 덜어도 사는 건 이토록 가벼워진다.

각자 자기 속도와 박자에 맞춰서 개인 수련을 할 수 있다는 점이 내가 하는 마이소르식 아쉬탕가 요가의 또 다른 장점이다. 선생님 지도에 따라 다 같이 동작을 하는 것도 좋겠지만, 나는 이 방식이 훨씬 잘 맞았다. 새벽반 수련생이 많지 않다 보니 선생님이 요가 동작을 꼼꼼하게 교정해 준다는 점이 좋다.

요가를 배운 지 일주일째 되는 날 "초보반인 줄 알고 왔는데 왜 다들 너무 잘하는 거죠? 초보반 맞나요?" 하며 어리둥절해 묻는 내게 선생님이 답했다. 자신도 아직 초보라고, 배우는 중이라고. 초보자든 숙련자든 요가를 할 때는 항상 초심을 갖는 게 중요해 보였다.

그즈음 선생님이 내게 가장 많이 했던 조언은 상체에 힘을 빼고 하체를 단단하게 하라는 것이었는데 머리로는 이해해도 몸이 잘 따라 주지 않았다. 모든 동작을 할 때마다 어깨가 바짝 긴장되었다.

이러다 오십견이 오지 않을까 걱정이 들 때쯤, 하체 근육이 만들어지면서 자연스럽게 상체의 힘을 뺄 수 있었다. 두 다리가 몸을 난단하게 지탱하고 있다는 느낌이 들자 불현듯 동네 공원에 있는 커다란 나무가 생각났다. 뿌리와 기둥은 지반이 흔들려도 그 자리에 있을 듯 단단해 보이지만, 가지와 나뭇잎은 한 줄기 바람에도 부드럽게 살랑거린다. 어느 순간부터 나는 나무의 뿌리를 생각하며 매트 위에 섰다. 나무의 줄기처럼 척추를 펴고, 나뭇잎을 떠올리며 팔을 부드럽게 움직여 보았다. 단단함과 유연함을 동시에 발휘하는 재주를 나무는 대체 어떻게 배운 걸까.

얼마 전 요가 센터에 새로 들어온 수련생은 한 달도 채 걸리지 않아 금세 나무처럼 요가를 했다. 내가 6개월 걸려서 배운 것을 한 달 만에 배우는 것을 보고 좌절했으나 나중에 이야길 나눠 보니 그에게는 다른 요가 경력이 있었으며 수준급의 서퍼이기도 했다. 오랫동안 다양한 운동을 하면서 쌓아 온 근육량과 균형 감각을 고려하면 엄밀히 말해 초보자는 아닌데 그 사실을 모를 때는 내 요가 실력이 뒤떨어지는 것 같아 기가 죽었던 것이다. (6개월 차 요가 꿈나무 주제에…….)

타인이 이룩한 성과만 보고 쉽게 부러워하거나 질투하다니, 재능을 감탄하는 재능을 키우려면 아직 난 갈 길이 먼 것 같다. 나보다 월등히 뛰어난 능력을 가진 사람이 실은 나보다 성실하고 꾸준한 사람이라는 걸 알게 될 때 무척 부끄럽다. 제대로 노력한 적도 없으면서 저 사람처럼 잘하고 싶다고 투정을 부리다니, 과한 욕심을 부린 것 같아서.

새벽에 일어나는 게 힘들어서 이번 주는 좀 쉬고 싶다는 생각이 들 때, 내가 무언가 1년 이상 꾸준히 한 적 있었는지 애써 떠올려 본다. 한 번 빠지고 두세 번 빠지고 그러다 또 영영 그만 두게 된다면 이번에는 왠지 나 자신이 정말 싫어질 것 같다. 요 가를 시작한 목적은 건강도 다이어트도 아니었다. 그저 어제보 다 손톱만큼은 나은 인간이 되고 싶었고 내년에는 올해보다 괜 찮은 모습이 되고 싶었다. 학창 시절 선생님들은 제일 받기 어려 우면서도 가장 훌륭한 상은 개근상이라고, 성적은 그다음 문제 라고 했다. 요가 동작을 멋있게 해내는 사람이기보다 어설프더 라도 꾸준히 하는 사람이 되고 싶다.

도보로 10분 걸리는 요가 센터가 10시간 걸리는 길처럼 여 전히 멀게만 느껴지지만, 더 성장한 모습이 될 내년의 나를 상상 하며 구슬린다.

나 데리고 살기 참 쉽지 않다.

모르는 상태로 살기

　오스트레일리아의 날Australia Day은 영국계 이주민들이 처음 호주 대륙을 발견해 '주인 없는 땅'을 개척한 날이지만, 호주 원주민들에게는 침략의 날Invasion Day로 불린다. 백인들이 해변에서 바비큐를 즐기고 폭죽을 터뜨리며 파티를 하는 동안 원주민들은 '식민지 기념일'에 항의하는 시위를 벌이기도 한다. 그들이 역사의 피해자라는 사실에 깊이 공감하면서도 내게 어떤 해를 입히지 않을까 두렵기도 하다.

　오스트레일리아의 날, 인적이 드문 도시 한가운데에서 약에 취한 원주민의 후예들이 비틀거리며 고성을 지른다. 그들은 항상 화가 나 있고 지나가는 사람에게 욕설을 퍼붓는다.
　주변을 둘러보다 지나가던 백인 남성의 눈빛을 포착한다. 마리화나에 취한 원주민들은 나를 슬프고 불안하게 만들지만 혐

오감이 밴 백인의 눈빛은 나를 화나게 한다. 그는 '나의 점잖고 교양 있는 백인 조상이 저 약에 취한 원주민의 조상을 학대하고 죽였으며 원주민 가정의 아이들을 빼앗아 백인 가정에 강제 입양했다'는 사실을 알면서도 외면하고 있었다.

　도시의 원주민들은 투명 인간 취급에 익숙하다. 그래서 소리를 지르는지도 모른다. 나 좀 봐 달라고, 나 여기, 이렇게 살아 있다고.

　어떤 사람의 분노를 이해하지 못하는 건 내가 그 사람의 처지가 되어 본 적이 없기 때문이 아닐까. 만약 내가 저 사람과 똑같은 상황과 처지에 있었다면, 똑같이 웃통을 벗고 약에 취해 길거리에 널브러져 아무에게나 시비를 거는 사람이 되어 있었을지도 모른다. 불행한 삶을 갖게 되었다고 해서 누구나 잘못된 선택을 하는 것은 아니라고, 고난과 역경을 이겨 내고 어려운 처지에서 다른 사람들을 도우며 오히려 더 숭고한 인생을 살아 내는 사람도 있다고, 나라면 후자의 삶을 살았을 거라고, 어떻게 자신할 수 있을까.

　상대방이 되어 보지 않은 이상, 그를 명확하게 알 수는 없다. 가끔 영원히 타인을 알 수 없다는 사실에 슬프지만 알게 되면 더 슬퍼질 것이었다.

　　와이와 동네 도서관에서 나오는 길이었다. 도서관 주차장에서 차를 후진하는데 백인 할아버지가 갑자기 우리 차 앞으로 쓰러졌다. 해외에도 교통사고 보험 사기가 있을까? 찰나에 별생각이 다 들었다. 놀란 나는 얼른 차에서 내려 몸집이 큰 노인에게 다가가며 괜찮으냐고 물었다. 그의 곁에 가까이 가서 부축하려고 했을 때 마리화나의 쌉쌀한 풀 냄새와 싸구려 위스키 냄새가 났다. 눈이 발갛게 충혈되어 있었고 눈동자는 공허했다.

　　그는 괜찮다고 했다. 다만 혼자 걸을 수 없으니 차까지 데려다 달라고 말했다. 노인을 부축하면서 그의 팔이 내 팔에 바짝 닿았다. 밀가루를 바른 듯 건조하고 푸석푸석한 피부가 느껴졌다. 간담이 서늘해졌다. 노인의 한평생 세월이 파도처럼 나를 덮치는 듯했다. 그에게도 젊은 시절이 있었을 것이다. 훤칠한 키와 딱 벌어진 어깨, 단단한 근육을 자랑스러워하면서 그 젊음이 영원히 지속할 줄로만 알았을 시절 말이다. 지금처럼 혼자 힘으로 20m도 채 걷지 못해서, 자기 몸의 반도 안 되는 동양 여자애한테 차까지 데려다줄 수 있겠냐고 물어볼 줄은 꿈에도 몰랐을 것이다.

　　겨우 운전석에 앉은 그는 애써 아무 일 없었다는 표정을 하며 "메리 크리스마스"라고 인사했다. 곧 크리스마스 연휴였다.

도서관 앞에는 크리스마스트리의 전구가 알록달록 색을 바꾸며 빛을 발하고 있었다. 삶을 조롱이라도 하는 것처럼 보였다. 노인의 낡은 차는 비틀거리며 저만치 사라져 갔다.

사건이 일단락되자 나는 그 상황에서 뒷짐만 지고 있던 와이에게 화를 냈다. 노인을 같이 부축했어야지 강 건너 불구경만 하느냐, 이 상황에서 사람보다 차가 더 중요한 거냐, 어려움에 처한 사람을 그냥 보기만 하는 사람이었냐, 내가 알고 있던 당신의 모습이 아니라 화가 난다. 내가 흥분하자 와이는 조용한 목소리로 그 상황이 두려웠다고 말했다. 외국인 노동자 처지에서는 아주 사소한 사건에도 휘말리고 싶지 않다고. 호주에서 이민자로 살아가는 동안 그의 몸과 마음에는 의심과 자기방어가 배어 있었다.

와이가 일하는 가게에서 사장과 동료들은 그를 슈퍼맨이라고 불렀다. "존은 우리 주방의 슈퍼맨이야. 혼자서 일당백, 못 해내는 일이 없지." 하지만 와이는 알고 있다. 조금이라도 수틀리면 한순간에 그들은 자신을 영웅에서 악당으로 타락시킬 거라는 걸. 그래서 칭찬에 우쭐하는 대신 혹시라도 악당으로 몰리게 될 때의 대비책을 그리는 데 몰두했다. 영웅에서 악당으로 내몰리지 않기 위한 대책은 간단하다. 어설픈 영웅심을 발휘하지 말 것. 인간애를 나누지 말 것. 미소를 보이지 않고 기계처럼 주어진 일에만 최선을 다할 것. 이기적이고 인정 없다고 할지 모르겠지만 와이에게는 자신을 보호하는 방법이었다. 스스로를 지켜 낸 다음에야 타인에게 정을 줄 수 있는 거라고 했다.

나는 알 수 없는 타인과, 내가 알고 있다고 믿었던 타인을 획일적인 도덕성의 잣대로 경솔하게 판단했다. 와이를 비난하는 내 말에 일말의 도덕적 우월감도 없었느냐고 물으면 없었다고 자신 있게 대답할 수 없었다. 때때로 우리는 사회 정의감에 취해, 내가 믿는 신념과 가치를 내세우기 위해 사랑하는 사람의 마음을 다치게도 하니까.

내 눈앞에서 약에 취해 쓰러진 백인 노인의 육체적 연약함과 젊은 외국인 남성의 사회적 취약함을 순간적으로 알아차리는 일이 가능할까. 무엇이 옳은지 답을 알 수 없어서 나는 와이를 안아 주었다. 그가 얼마나 힘든지 알 수 없다는 사실이 슬프고 동시에 위안이 되었다. 알게 되면 나는 더 슬퍼질 테니까.

어느 뇌 과학 서적에서 미래 첨단 기술로 우리의 뇌를 서로 연결해 '브레인 네트워크'를 만들면 서로의 감정과 마음을 속속들이 알게 되어 오해하는 일이 줄어들 수 있다고 했다. 그러나 어쩌면 오해하는 편이 정신 건강에 나을 것이다. 인간에게 필요한 것은 '앎'이 아니라 '모르는 상태'인지도 모른다. 많은 걸 안다고 해도 '모르는 상태'를 유지할 수 있는 사람, 아무것도 확신하지 않는 사람이 되고 싶다. 하지만 나는 자꾸만 그 사실을 잊는다. 나를 다 안다고 믿고 타인을 다 안다고 믿으면서 화를 내는 사람을 향해 얼굴을 찌푸리고 어느 날에는 내가 화를 내는 사람이 된다.

거리에서 고성을 내지르는 저 원주민의 후예를 손가락질하지만, 과연 우리가 그들과 얼마나 다를까. 실은 우리도 저들처럼 마음속으로는 고래고래 소리를 지르면서 안간힘 쓰며 살아남으려고 발버둥 치고 있는 게 아닐까.

살아남는 것은 중요하니까. 살아야 하니까.

마이 네임 이즈 미나

　　미나를 만났다. 미나는 한국인이 아니다. 중국인이다. 그의 진짜 이름은 '샤오쯔리'라고 했다. 어떤 것이 성이고 이름인지, 발음은 맞게 썼는지 잘 모르겠지만 나는 그녀의 진짜 이름 샤오쯔리가 더 마음에 들었다. 그녀가 미나일 때는 어딘가 모르게 표정이 어둡고 주눅 들어 보였지만, 중국에 있는 가족들과 통화할 때의 샤오쯔리는 검은 눈동자가 반짝반짝 빛나 얼굴에 생기가 돌았다.

　　미나가 방문 청소 면접을 보러 갔을 때 고용주는 샤오쯔리를 마음에 들어 했다고 한다. 걸음마 수준의 영어였지만 생글생글 잘 웃고 씩씩해 보여 불만을 드러내지 않을 것 같아 보였기 때문일 것이다. 고용주는 샤오쯔리라는 이름은 호주 사람들이 부르기엔 너무 어려우니 미나로 이름을 바꾸라고 했다. 물론 권유가 아닌 명령이었다. 미나는 그 이름이 자기 마음에 드는지 안 드는지 헤아려 볼 기회도 없이 받아들여야 했다. 순식간에 샤오쯔리는 미나가 되었다.

마이 네임 이즈 미나.

처음 만난 날, 미나는 중국어 억양을 애써 숨기며 말했다.

고용주가 혹시 한국 사람이니?
아니, 홍콩 사람이야.

나는 홍콩에서도 미나라는 이름을 쓰는지, 고용주가 만난 한국인 중에 미나가 있었던 건지 쓸데없이 궁금해졌다.

처음엔 호주에 여행하러 왔었어.

미나는 호주에 여행 와서 천 달러짜리 중고차를 덥석 샀다. 차를 빌리는 가격보다 그게 저렴하다고 생각했는지 모른다. 호주에 살고 있던 친구와 둘이 덜덜거리는 차를 끌고 한 달간 호주 대륙을 반 바퀴 돌았다. 차가 퍼지지 않은 게 천만다행이었다. 여행이 끝나고 다시 중국에 가 있는 동안 중고차는 친구 집에 맡겨 두었다고 했다. 지금 청소를 하러 다닐 때 끌고 다니는 차가 바로 그때 산 중고차라고 했다. 여행을 시작할 때부터 이미 다시 호주로 오겠다는 결심을 했던 걸까. 궁금했지만 묻지는 않았다. 미나는 아직 영어를 배우는 중이어서 질문을 하면 동문서답을 잘하고 그러다 보면 이야기가 엉뚱하게 흘러가 버린다. 아무튼 미나는 다시 돌아왔다.

미나는 스물일곱 살이다. 엄마는 얼른 좋은 남자 만나 시집 가라는 얘기만 한다고 했다. 공부는 무슨 공부냐고, 결혼해서 애 낳고 조신하게 살림이나 하라고. 미나는 남자랑 연애하는 게 시시하다고 했지만, 한국 로맨스 드라마는 좋아했다. 미나는 내게 정말로 한국 남자들은 여자한테 이래라저래라 하기를 좋아하느냐고 물었다. 한국의 로맨스 드라마를 본 지 오래된 나는 잘 모르겠다고 솔직하게 대답했고 나랑 같이 사는 남자는 그렇지 않다고 덧붙였다.

미나는 혼자 있는 시간을 좋아했다. 연애 말고도 하고 싶은 게 너무 많아 외로울 틈이 없었다. 중국에서는 세일즈 사원으로 일했는데 적성에 맞아서 돈도 꽤 벌었다. 틈틈이 컴퓨터 코딩을 배워 자격증도 땄고 호주 대학에 입학해서는 IT를 전공하고 싶다고 했다. 미나는 나랑 다르게 누가 묻지 않아도 자기 이야기를 거리낌 없이 하는 타입이었다. 학비가 1년에 4만 달러인데 호주 사람과 결혼하거나 파트너가 되면 절반으로 깎인다며 아쉬워했다. 파트너 비자를 살 수만 있으면 사고 싶다고.

미나는 지금 어학원에 다니고 있다. 영어를 배운 지 이제 4개월밖에 안 됐고 중국어 억양이 심해 그녀의 말을 잘 알아듣기는 힘들다. 웃긴 이야기를 해도 상대방이 알아듣지 못해 혼자 웃는 일이 많다. (유머란 타이밍이다.) 호주 사람들이 내 영어를 들을 때 내가 미나와 이야기할 때와 비슷한 심정일지도 모른다고 생각하니 착잡해졌다. 나는 미나보다 영어를 잘하지만 호주 사람이 보기에는 도긴개긴일 것이다. 하지만 미나는 잘 못 해도 의기소침한 걸 티 내지 않고 상대방이 이해하거나 말거나 하고 싶은 얘기는 다 했다.

그리고 미나는 한국 사람을 좋아한다. 어학원에서 공부하다가 예쁜 한국 여학생이나 잘생긴 한국 남학생을 한참 쳐다보느라 수업을 놓칠 때도 있다고 했다.

한국 사람은 왜 다 그렇게 예쁘고 멋있어?

그녀의 물음에 예쁘지도 멋있지도 않은 우리는 뭐라고 대답해야 할지 몰라 눈동자만 굴렸다.

미나는 학비와 생활비를 벌기 위해 청소일을 한다. 매일 하얀색 중고차를 몰고 부자 동네에 있는 집을 청소하러 나간다. 가끔 집에 있는 아이들도 돌봐 준다. 미나는 내게 말했다.

나는 청소하는 게 좋아. 깨끗해지는 걸 보면 기분이 좋거든. 그리고 집주인들이랑 대화도 나누면서 영어도 늘고. 비즈니스 하는 사람들을 만나면서 인맥도 쌓을 수 있어.

그래, 참 좋은 일이네.

나는 그게 거짓말이라는 걸 알았다. 하지만 검은 속내가 있는 나쁜 거짓말이 아니었다. 호주에 사는 외국인들은 대부분 자신을 속인다. 나는 힘들지 않아, 나는 속상하지 않아, 나는 후회하지 않아, 나는 이곳이 좋아, 나는 청소가 좋아.

미나는 문을 반쯤 열어 두고 출근을 한다. 처음 입주할 때는 방에 잠금장치가 없다고, 좀 달아줄 수 없겠냐고 요란을 떨었다. 우리는 남의 방을 함부로 들어가거나 엿보지 않는다고 했지만, 미나는 손수 잠금장치를 설치했다. 그런데 방문을 닫지도 않고 나가다니, 어딘가 앞뒤가 맞지 않는다고 생각했다. 하지만 그런 모순에 별 신경을 두지는 않았다.

오랫동안 타인과 살면서 내가 터득한 삶의 태도는 '그러거나 말거나'다. 나갈 사람은 나가고 들어올 사람은 들어온다. 일부러 멀리 거리 두는 사람, 애써 나랑 친해지려는 사람, 그러거나 말거나 나는 그냥 그 자리에서 사람이 드나드는 것을 지켜볼 뿐이었다. 미나의 방문 앞을 지나칠 때마다 어쩔 수 없이 보이는 그녀의 물건들은 저마다 각이 잡혀 있다. 욕실에 있는 세면도구들도 가지런히 놓여 있다. 그렇게 바쁘게 사는데도 방이 항상 깨끗할 수 있다니 놀라웠다.

낮에는 종일 청소를 하고 밤부터 새벽까지는 호텔에 있는 바에서 일한다고 미나는 말했다. 호텔에 갈 때 미나는 딱 붙는 짧은 원피스에 높은 구두를 신고 짙게 화장을 했다. 어느 호텔에서 일하느냐고 물었더니 그답지 않게 당황해했다. 어색한 웃음과 갑자기 바뀐 안색을 예민하게 알아차리고 더 이상 묻지 않았다. 자기 이야기를 하는 데 거리낌 없는 사람이라도 한두 가지 숨기고 싶은 게 있기 마련이니까.

나는 미나가 좋지도, 싫지도 않았다. 여태까지 다른 사람들이 그랬듯 미나는 경제적인 이유로 우리와 집을 나눠 쓰는 사람, 그 이상도 이하도 아니다. 하지만 나는 열심히 사는 사람의 모습을 보는 걸 좋아한다. 아마 내가 그렇지 않아서인지도 모르겠다. 혼자서 1년에 4만 달러나 되는 학비를 감당해야 한다는 생각만 해도 벌써 지친다. 생각해 보니 우리 집을 지나쳐 간 셰어 메이트들 모두가 성실한 노동자들이었다. 공장 노동자, 페인트공, 가게 종업원, 커피숍 직원, 청소부, 요리사, 주방 보조, 타일 기술자. 때로는 그들의 피로가 이 집 어딘가에 덕지덕지 묻어 있는 것 같기도 하고 그들의 성실한 에너지가 집에 활기를 불어넣는 것 같기도 하다.

나는 생각했다. 누군가는 하지 않아도 될 힘든 일을 누군가가 한다. 누군가에게 당연하게 주어지는 것들이 누군가에게는 애써서 얻어야 할 것이 된다. 어쩔 수 없이 겪어야만 하는 역경과 고난들이 결국 한 개인의 소중한 경험과 노하우와 자산이 된다는 말은 얼마만큼의 위로가 될 수 있을까. 모든 것을 고생 없이 쉽게 얻을 수 있다면 누구나 쉬운 선택을 하지 않을까.

안전한 울타리 안에서 온실 속 화초처럼 자란 사람들은 관성의 법칙에 따라 금방 자기 나라로 돌아간다. 내가 청소하려고, 설거지하려고 이 먼 나라까지 온 건 아니야, 나는 그런 힘들고 하찮은 일을 할 사람이 아니야, 하면서. 내가 힘들 때 언제든지 손을 뻗을 수 있는 사람이 있는 안온한 세계로, 부모의 품으로 돌아간다.

더 이상 돌아갈 곳 없는 사람들, 돌아갈 곳이 있지만 결코 돌아가고 싶어 하지 않는 사람들만 이곳에 남는다. 어떤 선택이 더 좋고 나쁘다는 얘기를 하고 싶은 게 아니다. 다만, 불안과 두려움을 이겨 내고 용기 있게 삶을 살아가는 사람은 언제나 빛이 난다.

먹고 사느라 바빠서

차 앞 범퍼가 다 찌그러졌어. 밤에 운전하다 캥거루를 들이받았거
든. 짜증 나. 차를 고치는 동안 일을 못 하게 생겼어.

호주 아웃백 도로에서 운전하다 야생 동물을 차로 치는 사고
는 흔하게 발생한다. 장거리 로드 트립을 하다 보면 캥거루 사체
를 꼭 한 번씩은 보게 된다. 어떤 시체는 길에서 그대로 썩어서
앙상한 뼈만 남는다.

캥거루가 자동차 헤드라이트 불빛을 보고 흥분해 달려든다
는 말을 나도 한동안 액면 그대로 믿었다. 귀여운 외모와 발랄한
점프 때문에 성격도 순하리라 생각하지만, 야생 캥거루는 다혈
질에 공격성이 강하다. 헤드라이트에서 뿜어져 나오는 강렬한
빛을 자신을 공격하러 온 침입자로 여길 수도 있다고 생각했다.

왜 하필 내 차에 뛰어든 거야, 운전자는 차를 고장 낸 캥거루

를 원망했다. 그런데 캥거루가 무슨 죄인가. 로드 킬을 당한 캥거루와 그의 가족들은 말이 없다. 죽은 것도 억울한데 원망까지 들어야 하다니. 인간의 어리석음에 목숨을 희생당하면서도 동물들은 분노하지 않는다. 묵묵히 슬퍼하거나 울부짖을 뿐이다. 운전자의 차가 수리 중인 시간, 캥거루는 가늘게 숨이 붙어 있는 채로 도로 위에서 고통스러워하고 있을지 몰랐다. 운전자는 캥거루를 죽였고 그대로 버려두었다. 캥거루가 아니라 사람이었다면 그것은 명백한 뺑소니 범죄였다. 인간은 우리의 목숨값과 동물의 목숨값을 다르게 정해 놓아서 캥거루를 치고 도망간 것으로는 감옥에 가지 않는다.

캥거루가 차의 불빛을 보고 달려든다는 말은 정확한 정보가 아니다. 운전자가 캥거루를 치고 달아난 자리는 원래 야행성인 캥거루가 밤마다 활보하고 다니는 곳이었다. 인간의 입장에서는 캥거루가 갑자기 헤드라이트 불빛을 보고 광기에 사로잡혀 뛰어든 것으로 보이겠지만, 캥거루 입장에서는 움직이는 쇳덩이가 불을 훤하게 밝히며 자신의 서식지에 난데없이 달려들어 자신을 들이받은 것이다.

호주 야생 동물 보호 단체는 캥거루의 대표 서식지 주변에 캥거루가 그려진 표지판을 세워 놓고 속도를 줄일 것을 권유한다. 하지만 한밤의 운전자는 표지판을 무시하고 최대한 액셀을

밟았다. 하루의 피로가 겹겹이 쌓여 있는 상태였고 최대한 빨리 집으로 돌아가 쉬고 싶었으니까. 운전자의 차에 치여 죽은 캥거루는 생명이 아니라 일상의 평화와 휴식을 방해한 장애물일 뿐이었다.

호주에는 인간보다 캥거루가 더 많아서 한 마리쯤은 죽어도 괜찮다고 생각하는지도 모른다. 어쨌든 운전자는 자신이 죽인 캥거루보다 차 수리비를 걱정하고 잠시 차가 없는 불편함을 토로한다. 차를 타고 슈퍼에 가서 장도 봐야 하고, 아프면 병원에 가야 하고, 사랑하는 사람들과 맛있는 음식도 먹으러 가고, 좋은 데 놀러 가야 하는데. 차를 끌고 일을 해서 돈을 벌어야 하는데. 차 없는 동안 렌트 비용만 얼마야. 운전자의 밥벌이 걱정 앞에서 갑자기 쓸쓸하고 고독해진다.

얼마큼 생계가 안정되어야 타자의 고통에 돌아볼 겨를이 생길까. '먹고사느라 바빠서' '노후 대비'라는 말은 언제까지 우리의 핑계가 되어 줄 수 있을까. 인간이 오지 않은 미래에 불안을 느끼는 건 에너지의 대부분을 스스로에게만 쏟고 있기 때문인지도 모른다. 너무 많은 시간을 '나'만의 안녕과 번영에 대해 고민한다. '나'는 너무너무너무 소중하니까. 어떻게 하면 '더 잘 먹고 잘 살 수 있을까'란 고민에 '함께'라는 부사는 없다. '함께'에 관한 고민이야말로 미래에 대한 불안과 현재의 우울을 치유하는 최고의 약이자 최선의 노후 대비책이 아닐까.

나만 잘 먹고 잘 살면 된다는 생각, 그 후에 여유가 생기면 남도 생각해 보겠다는 기약 없는 다짐 속에서 목소리 없는 존재들은 힘없이 고통받다 죽어 간다. 오늘 내가 무심코 낭비해 버린 하루와 내가 먹은 양식이 다른 존재의 희생을 바탕으로 주어진 것이라고 생각하면 숙연해진다. 나에게 과연 그 운전자를 비난할 자격이 있을까.

　　차 사고로 어미를 잃은 새끼 캥거루들은 방치된 채 굶어 죽는다고 한다. 운전자가 친 캥거루에게 새끼가 있었을까. 있다면 지금쯤 어디에서 무얼 하고 있을까. 캥거루를 친 것도 인간이지만 캥거루의 새끼를 구조하는 것도 인간이라는 생각을 하면 조금은 위안이 된다.

눈송이처럼 가볍게

같은 카페에서 요리사로 일하는 동료 아담은 피부가 창백하고 키는 190cm가 넘는 거구의 영국 청년이다. 점심시간에 좁은 주방에서 느릿느릿 걸어 나와 카페에서 가장 작은 2인용 테이블에 앉아 써브웨이 샌드위치를 먹고 코카콜라를 마신다. 항상 똑같은 메뉴다. 맥도날드도 롯데리아도 아니고 풋롱 사이즈의 써브웨이 샌드위치. 환타도 스프라이트도 아니고 빨간 캔의 코카콜라.

마크 저커버그는 매일 회색 티셔츠만 입는다고 한다. 스티브 잡스도 생전에 흰 티에 청바지만 입었다. 워낙 바쁜 사람들이고 결정할 게 한둘이 아니니 옷장 앞에서라도 결정에 대한 피로를 줄이고 싶었을 것이다. 아담의 점심 메뉴도 왠지 비슷한 맥락 같아 보였다. 귀찮아, 매일 먹던 걸로.

구석진 곳 테이블 의자에 커다란 덩치를 욱여넣은 그를 볼 때마다 북극곰이 붉은 갈색의 수염을 기르고 스마트폰을 들고 있다면 저런 모습이지 않을까 상상하게 된다. 스마트폰을 볼 때 그는 희미하게 웃는다. 그토록 건조하고 무뚝뚝한 인간을 웃게 하는 게 뭘까. 식사를 마치고 나면 다시 어기적어기적 주방으로 들어와 죽지 못해 사는 사람의 얼굴을 하고 식빵과 베이컨, 토마토와 버섯을 굽고, 냉동 감자와 냉동 오징어를 튀긴다. 무색무취의 분위기 탓에 나는 혹시 그가 A.I가 아닌지 의심한다. 전날 밤, 자신과 똑같은 얼굴의 A.I 로봇을 고용한 워킹맘이 주인공으로 나온 소설에 너무 몰입한 탓인지도 몰랐다.

서유미 작가의 단편소설 〈저건 사람도 아니다〉의 주인공은 이혼하고 혼자 아이를 키우는 워킹맘이다. 집안일과 회사 일에 치여 살던 그녀는 베이비시터를 고용하는 대신 자신과 똑같이 생긴 트윈 사이보그를 주문한다. 수시로 바뀌는 베이비시터와 잘 지내지 못하던 아이는 엄마와 똑같이 생긴 트윈 사이보그를 의심 없이 따른다. 사이보그의 집안일은 빈틈없이 완벽해서 집은 먼지 하나, 물기 한 방울 없이 반짝반짝 윤이 난다. 그러던 어느 날 중요한 미팅을 앞두고 몸살에 걸린 주인공은 어쩔 수 없이 트윈 사이보그를 회사에 대신 보낸다. 자리만 채워 주면 좋겠다고 생각했는데, 인간의 탈을 쓴 이 로봇이 슈퍼 컴퓨터다운 업무 능력을 발휘해 주인공은 전에 없던 직장 상사의 신임을 얻기 시작한다. 다른 동료들이 회사에서 감원 대상이 되는 동안 시기와 질투, 부러움을 한 몸에 받으며 승진까지 한다. 자신이지만 자신이 아닌 완벽한 대체품 앞에서 주인공은 혼란스러워하며 깊은 상실감에 빠진다. 나는 누구인가, 인생 뭘까.

소설 내용을 복기하다 보니 아담은 A.I가 아닌 것이 도리어 확실해졌다. 그는 너무 기계적으로 일한다. A.I라면 오히려 기계와는 차별화된 인간의 모습을 완벽하게 체득했을 것이다. 고도로 발전한 자본주의 기술 문명에서 어떤 노동자가 기계처럼 보인다면 그 사람이야말로 가장 '인간답다'고 할 수 있을지도 모르겠다.

아담은 10년 전 영국 맨체스터에서 가족들과 함께 호주에 이민 왔고 요리사로 일한 지는 5년째라고 다른 동료에게 전해 들었다. 그는 말수가 정말 적다. "방금 나간 오므라이스 손님이 너무 맛있었대" 하고 피드백을 전달해 줘도 묵묵부답이다. 눈을 동그랗게 뜨고 대답을 기다리는 나를 그냥 한번 지그시 바라볼 뿐, 다시 무표정으로 베이컨을 굽고 감자를 튀긴다. 로봇이라면 "칭찬해 주다니 너무 기뻐!"라든지 "역시 나의 오므라이스는 환상적이지" 하면서 입력된 대답을 했을 것이다. 그는 인간이 틀림없다.

아담의 얼굴에 배어 있는 지리멸렬함과 무료함이 이해는 간다. 정도의 차이일 뿐 누구에게나 어느 정도 인생은 재미없고 무의미하니까. 한 번뿐인 삶이 소중하고 아름답다는 걸 알면서도, 내가 그토록 지겨워하는 오늘은 누군가 그토록 염원하던 내일이라는 걸 알면서도 가끔은 '왜 사나' 싶은 생각이 머릿속에서 떠나지 않는 때가 있으니까.

내일 죽어도 미련 없는 표정을 하는 아담에게도 그를 웃게하고 즐겁게 하는 취미라는 게 있었다. 축구였다. (그는 맨체스터 출신이다.) 손님이 없어 한가한 오후 나절, 매니저 몰래 스마트폰을 훔쳐보던 그가 고개를 들고 내게 물었다.

박지성을 아니?
알지. 한국에 그 사람 이름 딴 도로도 있어.

너 한국 어디서 왔는데?
수원. 말해도 모르잖아.

알아, 수원. 한국 프로 리그 수원 삼성.
응? 어떻게?

스포츠 게임 하거든. 한국 축구는 결과 예측이 쉽더라. 어젠 20달러를 걸어서 800달러를 땄어. 한국 축구장 관람석은 왜 항상 비어 있는 거니? 그리고 오늘은 야구 게임 베팅을 할 거야. 롯데 자이언츠와 한화 이글스 경기인데 한화에 걸었어.

나는 스포츠에는 흥미가 없지만 게임에는 흥미가 있었다. 1시간 급여로 1주일 급여를 번 이야기는 대단했다. 여태까지 복권에 1,000원도 당첨된 적 없는 나는 귀가 솔깃해졌다.

자, 그래서, 그거 어떻게 하는 건데? 나도 가르쳐 줘 봐. 승률이 얼마나 되는 거야? 뭐라고? 설명을 들어도 잘 모르겠어. 다시 말해 봐.

스포츠 게임을 소재로 우리는 뜻하지 않게 가까워졌다. 안 친한 사람과 어색하지 않은 대화를 나누려면 쌍방의 공감대를 찾기보다 상대방이 좋아하는 게 무엇인지 먼저 물어야 한다는 것을 알게 되었다.

같이 일하는 동료들과 좀처럼 친해지지 못하고 새로 온 학교에 잘 적응하지 못하는 전학생처럼 겉돌던 나는 한국을 손톱만큼이라도 아는 사람이 있다는 사실에 그저 반가웠다. 온종일 주방에서 홀로 일하는 아담도 자신의 은밀한 취미를 주의 깊게 들어 주는 존재를 환영하는 듯했다. 아담은 내게 지난밤 얼마를 땄고 얼마를 잃었는지 보고했고, 나는 그의 입에서 흘러나오는 '수원 삼성'이나 '한화 이글스'나 '롯데 자이언츠' 같은 한국 단어에 집중했다. 아담이 AOA의 열렬한 팬이라는 것도 알게 되었는데, 설현의 팬이라면서 나에게 설현을 실제로 본 적이 있냐고 물었다.

영국 북부 특유의 강한 억양 때문에 그가 하는 말을 제대로 이해하지 못한 적도 많았지만, 사실 대부분 쓸데없는 내용이었기 때문에 굳이 다 알아들을 필요도 없었다. 우리는 매니저의 눈치를 보며 아무 말을 나눴고 별것 아닌 이야기에 깔깔댔으며 나는 인생이 조금이라도 재밌어지려면 역시 '아무 말'을 많이 해야 한다는 걸 깨달았다.

아담은 영국은 그립지 않지만 축구는 그립다고 했다. 친척이나 친구들이 딱히 보고 싶지는 않지만 프리미어 리그만큼은 경기장에서 관람하고 싶어 죽을 지경이라고 했다. 나는 한국은 그립지 않지만 모국어로 밥 벌어 먹고살던 시절과, 모국어로 뒷담화를 하고 공공기관에 전화할 때 쫄지 않아도 되는 처지는 그립다고 했다. 대화가 끝나자마자 평소 아담의 얼굴과 내 얼굴에 새겨진 무기력함의 속성을 알아챘다. 체념이었다.

자기가 태어난 나라를 떠나온 사람들의 얼굴은 어딘가 모르게 비슷했다. 이들은 '자기 나라'와 '남의 나라'에서 사는 장단점을 끊임없이 저울질하고 계산한다. 프리미어 리그가 주는 행복감과 더 나은 노동 환경과 복지 혜택을 나란히 놓고 어느 쪽이 더

큰지 부등호를 그려 넣어 보는 일은 이민자의 숙명이기도 했다. 그토록 원하던 영주권만 얻으면 세상 부러울 것 없이 살 것 같은 데, 막상 영주권을 받은 사람들을 만나 보면 내 처지와 크게 다를 바 없어 보였다. 내가 살던 곳만 떠나오면 모든 게 다 잘 풀릴 줄 알았는데 어디서든 사는 모양새는 비슷하다는 걸 뒤늦게 알게 된다.

인생은 여전히 재미없고 마음대로 안 되며 아주 가끔만 즐겁고 신이 난다. 20년 상환 주택 대출금을 갚기 위해 꾸역꾸역 출근해 시시포스 바위를 굴리다가 죽도록 미워하는 놈이 생겨 위장장애와 불안과 우울증을 앓는다. 올지 안 올지 모를 노후 걱정을 하면서 카지노에 가고 복권을 긁는다. 가끔 돈을 따고 기뻐하지만 쉽게 얻은 만큼 쉽게 빠져나간다. 죽어라 일은 하는데 늘지 않는 통장 잔고를 보며 생각한다. 이게 다 뭐 하는 짓일까.

인생이 버겁다고 느낄 때 인간은 A.I가 되기를 자처하기도 한다. '감정 모드'를 잠시 차단해 놓고, 웃지도 울지도 않은 채 무표정한 기계처럼 업무를 충실히 해낸다. 효율성에 어긋나므로 싸움과 화해를 반복할 사람과는 애초에 관계 맺지 않고, 맺더라도 피상적인 관계에 그친다. 시리siri처럼, 먼저 말을 걸진 않지만 묻는 말에는 최선을 다해 대답하려고 노력한다.

'우리는 정말 다 괜찮은 걸까? 이러다 정말 미래에 누가 A.I고 사람인지 구분하지 못하는 때가 오게 되는 건 아닐까.'

쓸데없는 잡념이 자꾸 불어날 때 이 거대한 지구가 실은 손바닥만 한 스노볼이라는 상상을 한다. 눈송이보다 작은 인간은 스노볼 바깥 세계가 있다는 걸 모른 채 희미하게 부유한다. 내 인생이 송두리째 뒤흔들린 것 같아도 사실은 스노볼이 가볍게 흔들렸을 뿐이다. 스노볼 안 눈송이처럼 우리는 작고 미미한 존재고 사는 것은 별일이 아니다. 아무것도 아니다. 그러니까 너무 크게 의미 두지 말자. 심각해지지 말자. 아무 말이나 하면서 그냥 웃다가 가도 괜찮다. 웃을 일이 없으면 좀 울다가 가도 나쁘지 않다.

울고 있어도 밖에서 보면 유리구슬 안의 세계는 얼마나 아름다운가. 우리의 인생이 눈송이처럼 잠깐 부유하고 마는 것이라면 한 번쯤 가벼운 마음으로 살아 볼 만하다는 생각이 든다.

아담은 오늘도 스포츠 게임을 하고 나는 고양이가 나오는 영상을 본다. 그리고 우리는 서로의 재미를 공유한다. 그것만으로도 우리는 세상에 태어나 해야 할 일을 다하고 있는 건지도 모르겠다.

밥 하 려 고 결 혼 한 건 아 니 니 까

호주 워킹 홀리데이 시절부터 와이와 나는 같이 살았다. 옆에 없으면 서로 죽고 못 살아서, 한시라도 떨어져 있으면 불안해서 동거를 시작한 건 아니고 방을 같이 나눠 써야 한 푼이라도 절약이 됐기 때문이다. 아무리 사랑하는 연인이라도 같이 살면 사소한 것 하나하나가 싸움의 이유가 된다고 들어서 걱정했는데 우려했던 것과 다르게 무난한 동거 생활을 보냈다.

와이나 나나 적당히 지저분해서 '이쯤 되면 청소 좀 해야겠다' 하는 시기가 비슷했고, 적당히 까탈스러워 파트너가 해 준 음식이 입맛에 안 맞아도 그냥 먹거나, 먹고 싶은 음식이 있으면 알아서 요리했다. 싸울 때는 서로 다시는 안 볼 것처럼 대차게 싸웠는데 둘 다 기억력이 나빠서 반나절 안에는 기분이 풀어졌다. 와이의 개성 있는 외모도 자연스럽게 화해하는 데 한몫했다. 화가 나다가도 얼굴을 보면…… 웃지 않을 수가 없었다.

동거만 할 수 있었는데, 결혼까지 해도 되겠다고 결심한 건 와이의 주부 9단 살림력이 크게 작용했다. 다시 호주에 가기로 하고 영어 공부를 하며 지내던 와이의 백수 시절, 와이는 거의 매일 도시락을 싸서 출근길 내 손에 쥐여 줬다. 도시락 뚜껑을 열면 동그랑땡이나 콩자반, 진미채 볶음, 김치, 달걀말이가 반찬으로 있었고 가끔 흰밥에 콩이 하트 모양으로 보석처럼 박혀있었다. 그의 애정이 단박에 느껴지는 도시락을 먹으면서 사랑을 배웠고 조금 더 자랐다.

와이는 항상 채소를 깔끔하게 손질해서 냉장고에 보관해 두었고 냉장고 청소를 하는 솜씨도 보통이 아니었다. 요리할 때 온갖 재료들을 너저분하게 늘어놓는 나와 다르게, 요리와 정리정돈을 동시에 능숙하게 하는 걸 보고 꽤 조신한 신랑감이라는 생각을 했다. 결혼하면 가사노동을 공평하게, 합리적으로 나누어 할 수 있을 것 같았다.

그런데 결혼하고 보니, 가사노동이란 것이 프라이드 반, 양념 반처럼 정확하게 나눌 수 있는 게 아니었다. 나도 경제 활동은 하지만 와이의 바깥 노동량이 훨씬 많았다. 경제 활동과 가사를 분담해서 한다면 와이가 돈을 좀 더 많이 버니까 내가 가사노동을 더 하는 게 공평할 것 같았다. 기꺼운 마음으로 빨래를 하고 청소기를 돌리고 화장실 청소를 도맡아 했다. 결혼하고 나서야 청소만큼 해도 해도 티 안 나는 게 없다는 걸 알았다. 청소를 하면 기본 상태를 유지할 뿐이고, 하루라도 안 하면 금세 지저분해졌다.

청소는 집중하면 재미라도 있지, 최고의 난관은 밥이었다. 나는 음식에 별로 관심이 없다. 맛보다 배를 채우면 된다고 생각하는 부류에 속한다. 어떨 때는 요리하는 시간이 너무너무 아까울 정도였다. 특히 저녁에 책을 읽거나 글을 쓰거나 드라마를 보다가 남편이 집에 돌아올 시간이 돼서 갑자기 밥하러 가야 하면 흐름이 끊기고 만다. 그래도 꾸역꾸역 부엌에는 간다. 경제 활동과 가사노동의 협업, (크로스!) 그것이 결혼이니까. 하루 종일 힘들게 일한 남편을 위해서 저녁 밥상 차리기 미션에 돌입한다. 무슨 반찬을 만들어야 하는지가 최대 고민인 시절에는 매일 메인 반찬 1개, 사이드 반찬 3, 4개에 국까지 끓이는 사람이 존재한다는 사실이 경이로웠다. 와이는 국이 없으면 라면이라도 끓여 먹고 싶어 했다. 한식은 여러모로 손이 많이 갔다.

밥하기 귀찮아하는 나 스스로에게 양심의 가책을 느끼기 시작한 게 언제였을까. 원래 이런 사람 아니었는데. 동거와 결혼은 서류 한 장 차이일 뿐인데, 같이 사는 남자 친구에게는 도시락을 얻어먹어도 기쁘기만 하고, 같이 사는 남편에게는 도시락을 싸주지 못해 죄책감을 느끼는 이 상황은 뭐지? 내면의 부담감이 점점 쌓여 갔다.

'힘들게 일하고 돌아온 남편에게 맛있는 밥을 차려 줘야지.'

'매일 먹는 김치는 건강한 재료로 직접 담가야지.'

'밑반찬과 국이 꼭 있어야 할까? 한 가지 요리하기에도 벅찬데.'

퇴근하고 돌아온 남편에게 따뜻하고 정성이 가득한 집밥을 차려 주고 싶은데 마음처럼 안 되니 스트레스가 밀려왔다. 같은 메뉴가 이틀 연속 식탁에 올라오면 이미 와이의 밥숟가락 움직이는 속도가 달랐다. 누가 밥 차리라고 시킨 것도 아니고, 밥 안 차린다고 큰일이 나는 것도 아닌데, 제대로 하지도 않으면서 짜증만 났다. 퇴근한 남편을 위해 밥을 차리지 않으면 어디선가 시어머니 불호령이라도 떨어질 것만 같은 기분이랄까. (드라마를 너무 많이 본 탓인지도 모르겠다.) 친정 엄마는 내게 "아침에 양 서방 따뜻한 죽이라도 끓여서 먹여 보내"라고 했다. 참고로 양 서방의 출근 시간은 다섯 시 반이다. 아침형 인간인 내게 새벽에 일어나는 건 큰일도 아니지만 새벽 밥상을 차려야 한다면, 잠이 안 와도 억지로 자고 싶은 심정이다. 부엌에서 나는 숙제하기 싫어서 몸만 배배 꼬고 한숨만 내쉬는 꼬마 애였다.

어느 날 죽상을 하고 가스레인지 앞에 서 있는 나를 보더니 와이가 한마디 했다.

저기, 있잖아. 네가 스트레스받으면서 밥을 차리면 나도 불편해. 그래서 말인데, 안 하면 어떨까. 난 정말 상관없는데.

정말이야?

정말이야.

그럼 나 정말 내일부터 밥 안 한다!

이로써 밥 차리기 미션에서 해방되었다···는 건 아니고, 여전히 알 수 없는 힘이 나를 부엌으로 이끈다. 요리를 하나도 못 하던 내가 그동안 '남편 밥 차려 줘야 한다'는 강박관념 덕분에 참치 김치찌개와 차돌박이 된장찌개, 동태찌개, 부대찌개, 육개장, 황태 뭇국, 소고기미역국, 감자탕, 사골국 등 대부분의 국 요리뿐 아니라 고사리나 곤드레 나물 무침, 무말랭이 무침, 멸치 볶음, 진미채 볶음, 숙주 무침, 콩자반 같은 반찬도 금세 만들 수 있게 되었다. 사실 혼자 살았다면 대충 끼니만 허겁지겁 때우고 살았을 텐데, 같이 밥 먹는 사람이 있으니 나도 영양가 있는 식사를 할 수 있어서 좋기도 하다.

여전히 요리는 스트레스지만 요리가 얼마나 내게 부담을 주는지 그에게 솔직하게 털어놓고 이해받으니 마음이 한결 가벼워졌다. 주말 드라마에서나 보던 저녁 밥상을 차리지 않아도 된다는 생각, 밥하기 싫을 때 하지 않아도 큰 잘못이 아니라는 생각을 하게 되니 부담감도 많이 덜어졌다. 와이도 처음에는 요리가 '아내의 의무'라고 생각했던 자신을 인정하고 약간은 미안해했다. 그래서인지 요즘엔 밥 먹기 전에 항상 "따뜻한 밥을 차려줘서 정말정말 고마워"라는 말을 잊지 않는다. 반찬 투정하지 않고 고마운 마음으로 맛있게 먹는 남편을 보고 있으면 아내의 의무를 억지로 이행한 기분보다 사랑하는 사람에게 따뜻한 밥을 차려 줬다는 뿌듯함이 든다.

밥하기 싫다고 동네방네 외치고 다녔더니 어떤 분들은 남편이 좀 불쌍하다고도 말한다. 아이도 없고, 밖에 나가 일도 얼마 하지 않으면서, 밥도 안 하면 뭘 하면서 시간을 보내느냐고 묻는다. 딱히 항변할 말은 없지만 크게 동의도 못하겠다. 하루 종일 힘들게 일하고 들어와서 따뜻한 밥 한 끼 먹는 게 남자들의 로망인 건 알겠지만, 나도 밥하려고 결혼한 건 아니니까.

울면서 용감해진다

결혼하고 호주에 왔을 당시 서른이었다. 사회 초년생 딱지를 떼고 이제 차근차근 커리어를 쌓아 나가야 하는 때였지만, 오세아니아 대륙에 막 발 디딘 내겐 커리어고 뭐고 일단 닥치는 대로 일을 구해 살아남는 일이 중요했다. 아무도 내게 나이를 묻지 않아서인지, 북반구에서 비행기를 타고 남반구로 넘어오면서 알수 없는 물리 작용으로 내 안의 시공간 개념이 해체된 탓인지, 점점 나이를 잊어 갔다. 나이를 크게 의식하지 않고 살 수 있다는 게 이 나라 사는 장점이었다.

워킹 홀리데이 시절, 호주에서 처음 했던 일은 인도양이 눈부시게 펼쳐진 호텔의 하우스키핑이었다. 내가 청소를 그렇게 좋아하는 사람인지 그때 처음 알았다. 가지런히 정리된 침대, 반짝거리는 수도꼭지, 물기 하나 없이 깨끗한 욕실을 보고 있으면

한 편의 글을 완성한 것만큼이나 뿌듯했다. 생각보다 비위도 좋아서 변기에 남겨진 짙은 흔적을 보고도 '어젯밤 술을 많이 먹었나 보다' '장이 안 좋은 사람인가 보다' 하고 대수롭지 않게 넘겼다.

바삭바삭하게 다림질된 하얀 리넨을 주름 하나 없이 말끔하게 펴서 매트리스 안으로 보기 좋게 집어넣는 일은 마음 정화를 위한 수행처럼 느껴지기도 했다. 청소는 일상의 예술이었다. 하지만 육체적으로 너무 힘들어서 돈 받지 않으면 하고 싶지 않은 예술이기도 했다(집에서 청소하기 싫은 이유를 이제 알겠다).

노동의 강도가 센 만큼 시급이 한화 2만 원이었고 공휴일에는 2배였다. 한 달에 300~400만 원 정도를 벌었다. 한국에 돌아가서도 하우스키핑 커리어를 이어 나가 볼까 하고, 근무 조건을 알아봤더니 한 달 월급이 100만 원도 채 안 되는 곳이 많았다. 영주권까지 가는 길이 더럽고 치사하지만 한국으로 돌아가고 싶지 않은 이유 중 하나였다.

하우스키핑을 그만둔 후에는 호텔 룸서비스, 콘서트홀 식음료 부서, 아이스크림 가게, 프랜차이즈 카페 홀 서빙, 한국어 과외 등 여러 해 동안 여러 가지 파트타임을 전전했다. 비싼 등록금 내고 4년제 대학 나와서 지금 뭐 하는 짓인가 하는 생각도 들었지만 재미있었다. 언젠가 바버라 에런라이크처럼 노동에 관한 르포르타주를 쓸 수 있지 않을까 하는 기대도 있었다. 아무 일이

나 닥치는 대로 할 수 있는 체력에 그저 감사하기도 했다.

여태껏 한 일 중 가장 기억에 남는 건 'Multicultural Assistant' 라는 포지션으로 다문화 가정 '어시스턴트' 혹은 '커뮤니케이터' 라고 불리는 일이었다. 이민자들이 호주에 정착할 수 있도록 하는 지원책 중 하나로 이민자 가정의 아이가 호주 어린이집에 적응할 수 있도록 도왔다. 한국 어린이집에 적응하기도 쉽지 않을 텐데, 언어가 통하지 않는 생소한 환경 속에서 낯선 인종의 선생님, 친구들과 어울리는 건 훨씬 더 어려운 일이었다.

나의 주된 임무는 선생님과 아이 사이에서 일대일 통역 역할을 하고 아이와 한국어로 소통하면서 정서적 안정감을 주는 일이었다. 선생님들은 나를 Comforter(안정감을 주는 사람)라고 불렀다. 아이와 너무 가까워지면 어린이집 선생님들과 어울리는 데 어려움을 겪을 수 있으므로 적당한 거리감을 둬야 했다.

아이를 돌본 경험이 없는 나는 첫날부터 긴장했다. 내가 돌보게 될 아이는 3세 남자아이였다. 9시에 출근하면 아이는 어김없이 엄마를 찾으며 울고 있었다. 문 앞에서 오지 않는 엄마를 하염없이 부르며 서럽게 우는 아이를 보니 마음이 아팠다. 어떤 말도 위로가 되지 않는다는 걸 알았다. 엄마와의 생이별 몇 시간이 아이에게는 억겁의 시간처럼 느껴질지도 모르는 일이었다. 아이에게는 그 순간이 3년 인생 최초로 넘어야 할 시련처럼 보였다. 내가 할 수 있는 온갖 방법을 동원해 아이를 달래다가 마침내 아이가 엄마의 부재를 잊고 집중할 만한 것을 찾았다. 자동차가 그려진 퍼즐이었다. 소방차와 구급차, 경찰차, 포클레인과 오토바이가 그려져 있었다. 스무 조각 정도 되는 퍼즐을 맞췄다 엎었다 반복하다 보면 금세 한 시간이 갔다. 싫증이 나고 그러다 보면 다시 엄마 생각이 나고 너무 울어서 이제는 눈물도 안 나오는 것 같다 싶으면, 아이는 엉엉 입으로만 울기 시작했다. "울지 마, 뚝. 엄마는 곧 올 거야." 내가 할 수 있는 말은 겨우 그거였다.

어린이집에 출근한 지 일주일쯤 지나면서 아이를 달래는 방식이 너무 아이를 몰아붙이는 게 아닌가 하는 생각이 들었다. 눈물이 나는데 울지 말라니. 엄마가 지금 당장 보고 싶은데 몇 시간 후에 볼 수 있을 거라니. 심란해 죽겠는데 다른 친구들과 같이 노래를 부르고 춤을 추라니. 입맛 없어 죽겠는데 한 숟갈이라도 밥을 먹자고 하다니. 어쩌면 아이는 내 바보 같은 행동에 욕이라도 한 바가지 해 주고 싶은데 아직 배운 욕이 없어서 답답해 울었던 게 아닐까. 인생 30년 산 나도 내 감정 하나 제어하기 힘든데 세 살짜리 아이가 떼쓰고 화를 낸다고 야속해하는 내가 한심했다.

아이를 돌보게 된 지 3주 차에 접어들었다. (정말 내가 돌봤는지 의심스럽다.) 아이는 모든 것이 낯설고 불안해 보이던 처음과 달리 눈빛과 표정에서 조금씩 마음을 여는 게 보였다. 한 달도 안 된 사이에 선생님이 하는 영어도 어느 정도 알아듣기 시작했다(나는 10년 넘게 걸렸는데……). 불안만 가득했던 아이의 얼굴에는 이제 의지가 보였다.

'나를 돌보는 이 사람들, 생각보다 괜찮은데. 믿을 만해.'

'이 사람들이 말하는 것처럼, 나는 정말로 괜찮을 거야. 괜찮아질 거야.'

새로운 환경에 노출되면서 내면에 일어나는 변화, 난생처음 맞닥뜨리는 외로움과 두려움이라는 감정에 아이는 어떻게 대처해야 할지 몰랐을 것이다. 그래서 울면서, 눈물과 함께 사회화 과정의 첫발을 내딛는 듯 보였다.

이토록 어린 시절부터 크고 작은 시련을 마주하고 이겨 내며 살아가는 것이 인생이라니, 좀 무자비하다는 생각이 들었다. 우리는 성인이 되기까지 얼마나 울어야 했으며, 성인이 되고 나서도 더 성숙해지기 위해 얼만큼 더 눈물을 쏟아야 하는 걸까.

어릴 때 나도 엄마가 보고 싶어 운 적이 많았다. 여름 방학이 되면 강원도 할머니 댁에서 열흘쯤 놀다 오곤 했는데, 낮에는 신나게 놀다가도 밤이 되면 꼭 엄마 생각이 나서 울음이 났다. 항상 5시 반이면 퇴근하는 엄마가 전화도 없이 늦어지면 혼자 집에서 엉엉 울다가 엄마가 돌아오면 씩씩한 어린이인 척 시치미를 뚝 뗐다. 그러나 고학년이 되면서부터는 울기는커녕, 주말에 친구 집에서 자고 싶다고 떼를 썼고 대학에 가고부터는 집을 나가고 싶어 안달이었다. 지금은 엄마와 내가 살던 나라도 떠나왔다. 눈물의 힘이란 그런 걸까. 울면서 울지 않는 법을 배우게 되는 걸까.

아이가 어린이집에 어느 정도 적응해 임무를 완수한 나는 또 다른 어린이집에 배치되었다. 이번에는 18개월 된 남자아이였다. 아이는 어김없이 울었다.

솔직히 고백하자면 이 일을 하기 전까지 나는 지하철에서, 도서관에서, 카페나 식당에서 아이가 고래고래 울면 속으로 짜증을 내는 사람이었다. 엄마가 제대로 아이를 달래지 못한다고 생각했다, 부끄럽게도.

이제는 알게 되었다. 저 작고 작은 아이는 인생 첫 시련의 고비를 혼자서 용감하게 넘어가고 있구나. 엉엉 울면서 울지 않는 법을 배우고 있구나. 나는 혼자서 서럽게 울던 나의 어린 시절을 떠올리며 성인으로서 이 아이를 이해하려고 노력하기보다, 인간 대 인간으로서 응원하고 위로하게 되었다. 너는 울면서 조금씩 나아질 거라고, 괜찮아질 거라고.

그동안 나는 습관처럼 '인생은 고통'이라는 말을 해 온 것 같다. 이제 그 말이 하고 싶어질 때마다 '인생은 용기'라는 말을 대신 하고 싶다. 우리는 정말로 울면서, 용감해진다. 울다가, 용감해진다.

따뜻한 말 한마디

달이 가득 찼다. 달 주변을 포근히 감싸고 있는 무지갯빛 둥근 테, 달무리가 환했다. 우아하고 화사한 달빛 아래 나란히 손을 잡고 걷는 와이와 나의 그림자가 선명했다.

오랜만에 이 시간에 같이 손잡고 걸어 본다. 나는 이런 순간이 참 좋아.

그렇게 말하지 않으면 이 순간이 달아나기라도 할 것처럼 와이는 여러 번 말했다. 그의 따뜻한 말 한마디에 아무것도 아닌 순간이 영원히 기억될 순간으로 변했다. 기분 탓인지 달이 더 환하게 보였다. 말 한마디는 세상의 모양도 바꾸는 것 같았다.

와이와 같이 살기로 한 이유가 58가지쯤 있는데 그중 하나는 예쁘고 바른 말씨였다. 그것이 (나에게는 없는) 와이의 재능이었다. "사랑해"라는 말을 의미 없이 남발하는 대신 그는 적재적소에 "당신과 함께 있는 지금이 너무 좋다""당신과 함께 먹는 밥이 세상에서 제일 맛있다""같이 나란히 누워 있는 이 순간이 가장 행복하다"라는 구체적인 언어로 사랑을 고백했다. (그의 사랑 고백은 부부로 지내는 지금도 계속되고 있다.)

우리는 방송국 사내 커플이었다. 혼자 있을 때 무의식으로 드러나는 서로의 습관까지 알 수 있었는데, 와이는 자신보다 한참 어린 사람에게도 꼬박꼬박 '선생님' 하면서 존칭을 썼다. 그게 참 좋아 보였다. 어떤 사람의 진짜 말투는 가족들과 이야기할 때, 그리고 운전할 때를 보면 알 수 있다고 하는데 와이는 부모님과도 다정하고 상냥하게 통화했고, 운전하면서도 험한 말을 한 번도 하지 않았다. 반면에 입이 걸걸했던 나는… 이하 생략하겠다. (나랑 살아 줘서 고맙다. 많이 배웠다.)

꼭 잡은 손의 온기를 느끼며 집 근처 펍으로 향했다. 향기 좋은 에일 맥주와 피자를 주문한 금요일 저녁, 작은 호텔 1층에 자리한 펍에는 사람들의 기분 좋은 취기로 가득했다. 시원한 바람을 맞으며 야외 테라스에 앉아 있으니 새삼 여행이라도 떠나온 기분이었다. 우리에게 좋은 소식이 있어 더욱 설레는 순간이었다. 서럽고 고달팠던 설거지 일을 청산하고 드디어 와이가 정식으로 호텔 셰프가 된 날이었다.

우리는 혈혈단신 호주에 와서 직장을 얻기 위해 수백 장에 달하는 이력서를 돌렸다. 면접과 트라이얼을 숱하게 거쳤고 거절에 익숙해지는 법을 배웠다. 그리고 누군가에게 기대하거나 의지하지 않는 법, 홀로 강해지는 법을 배웠다. 사람은 한 번에 원하는 걸 얻을 수 없고, 차근차근 단계를 밟아 가면서 성장해야 한다는 것 또한 배웠다. 호주 백인들과 일하며 인종차별의 쓴맛도 봤다. 같은 포지션에서 일하는데 왜 모든 궂은일은 아시아인들의 몫인지, 왜 우리는 또 그 일을 묵묵하고 성실히 해내고 있는지, 회의감에 빠지는 때가 여러 번 있었다. 우리의 성실함이 어떤 이들에겐 차별의 명목이 되었다. 차별을 받으면서 우리가 한국에서 미처 체감하지 못했던 소수자로서의 삶을 생각하면서, 세상을 보는 관점의 지평도 조금 넓어졌다.

그동안 와이는 힘든 일을 좀처럼 털어놓지 않고 참았지만, 음식물 독이 올라 붉어진 팔, 칼에 베이거나 뜨거운 팬에 데어 성할 날 없는 손, 수백 개의 그릇을 닦고 땀과 기름 냄새에 젖어 돌아온 지친 얼굴만 봐도, 그의 노동이 얼마나 험한 것인지 알 수 있었다. 한번은 일하다 바닥에 떨어지는 칼을 자기도 모르게 맨손으로 잡아서 손가락을 다섯 바늘이나 꿰맨 적도 있었다. 하지만 지금은 힘들었던 지난날을 웃으며 이야기할 수 있게 되었다. "이제 시작이지. 영주권까지 앞으로 더 힘들겠지" 하는 말도 조금은 여유 있게 할 수 있었다. 서로의 힘든 부분을 위로하고 격려하면서 이제 우리는 동료애를 넘어 전우애를 느끼게 되었다.

와이는 영주권을 취득한 뒤 작은 레스토랑을 운영하는 게 목표라고 했다. 가게 이름은 뭐라고 하면 좋을까, 무슨 요리를 하면 좋을까, 그릇은 어떤 걸 쓸까, 인테리어는 어떻게 할까, 돈 벌어서 어떤 요트를 살까, 이런 상상들이 현재를 버티게 하는 힘이 된다고 했다. 명확한 목표가 있는 와이에 비해 내 처지는 좀 애매했다. 콘서트홀에서의 일을 마무리하고 아이스크림 가게에서 일을 시작한 지 얼마 되지 않던 때였다. 활자를 읽고 쓰는 일이 내가 가장 좋아하는 일인데 호주에 살면서 영어도 한국어도 다 놓치고 있는 기분이 들었다.

나는 이곳에서 무엇이 될 수 있을까. 여기 온 게 잘한 결정인지 모르겠어, 가끔.
뭘 하든 네가 행복하면 좋겠어. 네가 행복하지 않으면 내가 하는 모든 것이 아무런 의미가 없으니까.

어딘가 손발이 오그라드는 멘트였지만, 순간 나의 고민이 아무것도 아닌 것이 되어 버렸다. 나의 행복을 이토록 응원해 주는 사람이 있는데, 여기서 뭘 더 바라겠는가. 그의 다정다감하고 달달한 멘트는 부부싸움을 할 때조차 빛을 발한다. 별일 아닌 걸로

토라져 차갑게 등을 돌린 채 침대에 누웠는데, 내 등을 멋쩍게 바라보는 와이의 시선이 느껴졌다. 그는 무거운 침묵을 조심스럽게 깨면서 이렇게 말했다.

> 네가 등 돌리면, 너무 외로워져. 모든 사람이 내게 등을 돌려도 괜찮아. 관심 없으니까. 하지만 내가 세상에서 가장 사랑하는 네가 등을 돌릴 때는 정말로 혼자가 된 기분이야.

나는 그 말에 감동보다는 묘한 동질감을 느끼는 바람에 눈물이 났다. 우리는 누군가의 남편, 누군가의 아내이기 이전에 '외로운 사람'이었다. 그리고 그 외로운 빈자리에 서로가 꼭 맞아 기쁜 마음으로 함께해 온 거였다. 타인이 행복해야 나도 행복하다는 것, 내가 누군가에게 존재의 이유가 될 수 있다는 것, 함께하는 생활이 우리에게 가르쳐 준 것이었다.

내 작은 그릇으로 세상을 아름답고 평화롭게 만들겠다는 원대한 소명 같은 건 세울 수 없다. 하지만 이제는 평범한 일상 속에서 내 옆에 있는 한 사람을 아끼고 사랑하는 것만으로도, 누군가에게 말 한마디 따뜻하게 건네는 것만으로도 태어나 그럭저럭 제 몫을 다하고 있는 게 아닐까 싶다. 와이가 말의 온기를 음식에도 담아 10년, 20년 후에 배고픈 사람에게 밥을 지어 주고

목마른 사람에게 물을 주는 요리사가 되면 좋겠다고, 가득 찬 달을 보며 마음속으로 조용히 기도했다.

우 리 얘 기 좀 해

평일 저녁, 와이와 나는 각자 자기 시간을 갖는다. 와이는 피트니스 센터에서 운동과 사우나를 즐긴다. 피트니스 센터에 가서 덤벨 운동을 하고, 트레드밀 위를 걸으면서 좋아하는 예능을 보며 웃는다. 마무리로 사우나에서 땀까지 시원하게 흘리고 나면 기분이 금방 좋아져서 직장에서 받은 스트레스를 집까지 가져오지 않을 수 있다고 했다. 그가 운동하는 동안 나는 늦은 오후 최적의 컨디션을 이용해 책을 읽거나 글을 쓴다. 저녁 시간은 하루 치의 경험이 누적되어 글의 소재가 생성되는 시간이기도 하다.

동거만 할 때는 뭘 해도 항상 함께했는데, 결혼하고 나서는 이처럼 각자의 독립적인 생활 루틴을 만들어 나가고 있다. 평생을 함께할 사이인 만큼 질리지 않으려면 적당한 물리적 거리를 유지하는 게 중요했다. 경험상 모든 걸 같이하려고 하다 보면 꼭 싸우기 때문인 것도 있었다. 그런 가운데 저녁 식사만큼은 꼭 같이한다. 밥은 같이 먹어야 맛있고 밥 먹으면서 얘기할 때가 제일 재미있으니까. 하루 중 있었던 재밌는 일, 직장 상사나 동료 뒷담화, 한국에서 벌어지고 있는 일들을 이야기한다. 식사를 마치고 나면 이야기를 나눌 수 있는 사람이 내 앞에 있다는 것에 감사해하며 다시 각자의 시간으로 돌아간다.

얼마 전, 어떤 모임이 거의 끝나려는 순간, 누군가 뒤늦게 합석해 술 한잔하러 가자고 제안했다. 내가 남편과 같이 저녁 식사하기로 되어 있다고 했더니 그는 "남편은 그렇게 생각 안 할걸요. 늦게 들어온다고 하면 더 좋아할 텐데. 저렇게 착각을 한다니까" 하면서 농담인지 진담인지 모를 소리를 했다. 모든 부부가 서로 떨어져 있는 것을 좋아하는 건 아닌데, 한지붕 아래 같이 있어도 자기 시간을 갖는 게 불가능한 건 아닌데. 말은 못 하고 생각만 했다. 저마다 사연이 있고, 어떤 사람에게는 어딘가에 단란하고 즐거운 결혼 생활이 있다는 걸 결코 인정하고 싶지 않은 일인지도 몰랐다. 어쩌면 그의 말대로 내가 정말 착각하고 있는 것일지도 모를 일이었다.

운동을 마치고 7시쯤 귀가하는 와이가 5시도 안 된 시간에 집에 돌아온 날이었다. 1층 소파에 앉아서 나를 부르더니 심각한 얼굴로 "우리 얘기 좀 하자" 했다. 최근 스트레스를 많이 받았는지 그의 얼굴이 부쩍 어두워 보였는데 무슨 일이 있는 건 아닌지 걱정이 됐다.

심각한 일 있어?
아니, 없는데. 그냥 얘기하고 싶어서.

무슨 얘기를 하지?
배드민턴 칠래?

둘이 함께하기 최적의 운동인 배드민턴은 대화를 주고받듯 호흡이 잘 맞아야 한다. '앞마당 배드민턴'이라도 처음에는 냉정한 승부의 세계에 임하는 자세가 되지만, 사실 상대방을 이기는 것보다 공이 떨어지지 않고 최대한 많은 횟수를 왕복할 때, 무승부가 지속될 때 더 즐겁다. 상대를 이기려면 공을 되받아칠 수 없도록 애를 쓰는 데 급급하지만, 공이 떨어지지 않기 위해서는 상대가 받아칠 수 있도록 섬세하게 서브를 해야 한다. 내가 점수를 딸 수 있는데도 불구하고 땅에 떨어지기 일보 직전의 공을 몸을 날려 받아치기도 한다.

배드민턴은 몸으로 하는 대화다. 상대방 의견을 짓누르고 말로 이기려 하는 대화는 결코 즐거울 수 없다. 내 말이 상대에게

가 닿을 수 있도록 세심하게 신경 써야 하고, 상대방의 죽어 가는 유머도 심폐소생술에 버금가는 받아치기 기술로 살려 내야 즐거운 대화를 할 수 있는 것처럼 배드민턴도 그랬다.

수십 번을 왔다 갔다 하던 배드민턴 공이 우리 집 울타리를 획 넘어 다른 집 마당으로 떨어지는 바람에 우리의 대화, 아니 배드민턴 경기는 종료되었다. 낯가림 심한 우리 둘은 남의 집 정원에 배드민턴 공을 내버려 둔 채 집으로 돌아왔다. 이웃집 벨을 눌러 공을 달라고 하는 것보다 그냥 하나 사는 게 우리에게 더 쉬웠다. 배드민턴 공을 포기하고 집으로 돌아가는 우리의 소심함에 웃음이 났다.

재미있었어.

재밌었지? 우리 이제 얘기 좀 할까?

"우리 얘기 좀 해"라는 말은 당신이 궁금하다는 말, 궁금하다는 것은 사랑한다는 말의 다른 표현이기도 했다. 무슨 이야기를 할지는 상관없었다. 얘기 좀 하자는 말은 지금 마주 보고 앉아 당신의 목소리가 듣고 싶고, 웃는 모습을 보고 싶고, 지금 어떤 마음인지 알고 싶다는 표현의 다른 말이었다. 우리는 장장 세 시간의 수다를 이어 갔다. 와이는 내게 퇴근 후 스마트폰에 빠져 지낸 지난 몇 주를 돌아보면서 미안해했다. 그리고 평일에도 종종 오래오래 수다를 나누자 말했다. 정작 나는 신경 쓰고 있지 않던 부분이었는데 그의 배려가 고마웠다. '우리 얘기 좀 해'라는 말이 너무 사랑스럽게 느껴졌다. 우리의 대화 시간은 충분하고 나는 수다에 빨리 지치는 타입이니 과묵함을 미안해하지 않아도 된다고 답해 주었다.

7년 넘는 시간 동안 무수히 많은 이야기를 나누었는데 아직도 할 이야기가 남아 있다는 것이 신기하다. 각자의 시간을 성실하고 충실하게 보낸 후에라야 가능한 일이었다. 그 시간은 상대가 모르는 대화의 소재를 발굴하고 그것을 어떻게 하면 더 재미있게 들려줄 수 있을까를 생각할 수 있는 시간이기도 했다. 변수가 없다면 그와 오래오래 한집에서 대화를 나누는 사이가 될 수 있을 것 같다.

할머니, 할아버지가 되어서도 우리가 다정하게 배드민턴을 치고 수다를 떠는, '우리 얘기 좀 해' 하는 식으로 세련되게 사랑 고백을 하는 사이가 되면 좋겠다는 생각이 든다. 그때는 배드민턴 공이 이웃집 담장으로 넘어가도 용기 내어 공을 찾아와야지.

나만 믿어, 영감.

당신과 나의 재능

책을 읽다가 가슴이 벅차오를 때가 있다. 현관문을 박차고 〈슬램덩크〉 주제가 "뜨거운 코트를 가르며, 너에게 가고 있어~"를 부르며 강백호처럼 달리고 싶어진다.《시모어 번스타인의 말》을 읽을 때 그랬다. 피아니스트이자 교육자인 시모어 번스타인은 '우리가 가진 재능이 우리 존재의 핵심'이라고 했다.

그가 말하는 '재능'이란 우리의 생각만큼 거창한 것이 아니다. 정원 가꾸기, 바느질, 요리처럼 일상 속에서 발현되는 한 사람의 개성이 재능이다. 또한 재능은 선택받은 소수의 소유물이 아니라 누구에게나 공평하게 주어지는 축복이다. 독서, 청소, 바느질, 세차, 산책, 운전, 낙서 등 우리의 일상 속 모든 행동이 재능이 될 수 있어, "나는 재능이 없어"라는 말은 아예 성립조차 안 됐다. 살아 있는 사람이 "나는 뇌가 없어" 하는 말이나 마찬가지였다. 그 생각에 미치니 갑자기 나 자신이 위대한 사람처럼 느껴져 '뜨거운 코트를 가르며' 시모어 번스타인 선생님께 달려가고 싶어졌다.

신체의 일부처럼 누구나 태어날 때부터 재능을 가지고 있다는 사실을 깨닫게 되는 순간, 우리는 타인의 재능에 질투하지 않고 순수하게 감탄하게 된다. 성실한 훈련을 거쳐 하나의 성취를 이루는 광경을 목격할 때 같은 인간으로서 자랑스럽고 뿌듯해진다. 대중이 김연아나 손흥민을 질투하지 않는 방식으로 내 옆의 친구나 선후배의 능력에 시샘하지 않고 응원할 수 있는 것이다. 물론 어려운 일이다. 대기업의 회장은 질투하지 않지만 나보다 월급 100만 원 더 받는 친구를 질투하는 것이 현실이니까.

타인의 재능을 질투하면서 나의 재능이 얼마나 대단한지 미처 깨닫지 못하는 경우는 얼마나 많은가. 재능의 기준이 상향 평준화되었기 때문은 아닐까. 자식에게 콩깍지가 씌인 부모는 아이가 조금만 뭘 잘해도 천재라고 부른다. 그렇다면 내가 나에게 그런 부모가 될 수는 없을까. 온종일 누워서 발가락만 꼼지락거린 날이 있다고 하더라도 자괴감 느끼지 않고 "넌 발가락을 정말 예쁘게 꼼지락거리는 재능이 있어" 하면서 칭찬해 줄 수는 없을까.

생각해 보면 우리가 생각하는 재능 있는 사람은 김연아, 아이유, 조성민, 손흥민처럼 초현실적으로 뛰어난 사람들이다. 현실 속 평범한 사람들은 재능 있다고 칭찬을 받으면 "아니에요, 잘 못 해요" "그냥 취미 삼아 재미로 하는 거예요" 하며 겸손해 한다. 반대로 "저 이거 정말 잘해요" "저는 천재인 것 같아요" 하 면 사회성이 모자란 사람 취급을 받는다. 품격 있는 교양인, 점 잖은 사회인의 이미지를 유지하기 위해 겸손을 가장하는 동안 우리의 재능이 무엇인지 잃어버리고 있는 것은 아닐까.

내 경우는 글쓰기가 그랬다. "그냥 쓰는 거예요" "저 혼자 보 려고 낙서하는 거예요" "실력은 형편없어요" "작가 아니라 잡가 예요" 하며 살아왔지만 글쓰기는 명백한 내 재능이었다.

어린 시절 책상 밑은 내게 비밀스러운 공간이었다. 코딱지 를 파기에도 안성맞춤일 뿐 아니라 나만의 작은 공부방이자 서 재였다. 같은 책이라도 꼭 책상 밑에서 읽어야 더 재미있었다. 책을 읽다 모르는 단어가 있으면 그 자리에서 국어사전을 찾아 뜻을 알고 넘어가야 직성이 풀렸고 반에서는 사전 속 낱말을 가 장 빨리 찾는 아이였다. 저학년 때는 누가 시킨 것도 아닌데 고 학년생들의 글을 묶은 문고집을 보면서 글쓰기를 따라 했다. 독 후감을 쓰는 게 제일 재미있었고 편지 쓰기를 좋아했다. 초등학 교 4학년 담임선생님이 써 준 편지에는 이런 말이 적혀 있었다. '방학 동안 도스토옙스키의 《죄와 벌》을 읽었다니. 어른들도 읽 기 힘들어하는 고전인데 미정이는 책을 많이 읽어서 글을 잘 쓰는구나.' (어린이를 위한 만화《죄와 벌》을 읽었다는 사실을 굳이 밝히지 않은 것에 아직도 죄책감을 느낀다.)

교내 글짓기 대회에는 빠지지 않고 참가했고 글을 쓰려고 나름의 취재도 했다. '민주주의'를 주제로 한 글짓기를 위한 취재 대상은 아빠였다. 버스 운전기사로 일했던 아빠의 에피소드로 시작해 모두에게 공평한 시민의 발 버스야말로 민주주의 초석이다, 그런 결말이었던 것으로 기억한다. 그 글짓기 대회에서 나는 최우수상을 받았다.

그러면서도 여태까지 살면서 글 쓰는 데 재능이 있다는 것을 크게 자각해 본 적은 없다. 아마 이 글을 읽는 분 중에도 '별것도 아닌 걸 가지고 자기 자랑이 너무 심한 거 아냐'라며 불편해하는 사람이 있을지 모르겠다. 왜일까. 아마 우리가 최고의 재능만이 가치 있는 것이라는 관념에 사로잡혀 있어서가 아닐까. 나도 오랫동안 그렇게 믿었다. 작더라도 문학상 정도는 수상하고, 글을 써서 이름이 알려지고, 자기 이름으로 된 책 한 권쯤은 내고, 글을 써서 돈을 많이 벌어야, 그래야 글 쓰는 데 재능이 있다고 얘기할 수 있을 것 같다고 생각했다.

재능을 경제 활동이나 직업 능력에만 한정할 때, 자신의 재능을 과소평가하기 쉽다. 전업주부들의 가사노동과 육아는 우리 사회에서 너무나 당연시된다. 인류와 사회에 기여하는 정도를 봤을 때 전업주부들이야말로 고액 연봉자가 되어야 하고 능력 있는 사람으로 우대받아야 하는데도 말이다.

나도《시모어 번스타인의 말》을 읽기 전까지 집안 살림도 타고난 재능의 영역이 될 수 있다는 것을 고민해 보지 못했다. 정리정돈을 잘하는 것, 자연을 보고 감탄할 줄 아는 것, 타인의 말에 공감을 잘하는 것, 사람의 이름을 잘 기억하는 것, 예쁜 말씨나 우아한 걸음걸이같이 아주 사소한 것까지도 재능이 될 수 있다고 생각하지 못했다.

우리는 이토록 자신의 재능에 눈이 어두우므로, 서로의 재능이 발현될 수 있도록 격려하고 응원하는 일이 중요하다. 내가 갖지 못한 타인의 재능에 질투하거나 부러워하기보다 경외감을 갖는 것은 개인이 경쟁 사회에서 느끼는 불안감이나 소외감을 해소하는 데 도움이 될 것이다. (재능에 감탄하는 것도 재능이 된다!)

오늘도 습관처럼 인스타그램 피드를 보며 우리의 '본질'은 '재능'에 있다고 말한 시모어 번스타인의 말을 다시 한번 떠올린다. 인스타그램을 인간을 불행하게 만드는 자기 전시장이라고 비난하고 조롱하는 사람들에게 해 보라고 권유하고 싶다. 인위적으로 꾸며진 모습이든 진짜 모습이든 한 장의 사진으로 대중의 관심과 호응을 이끄는 일이 얼마나 힘든 일인지, 팔로워를 늘리는 게 얼마나 큰 재능인지 알게 되면 소셜미디어에 대한 사적인 불편함을 해소할 수 있을 것이다.

인간이 서로의 재능을 북돋우며 영감을 주고받고 각자가 좋은 방향으로 감화되는 일, 그것이 인간이 누릴 수 있는 최고의 축복일지도 모른다. 시모어 번스타인의 주옥같은 말을 이 지면에 요약해 독자들에게 전달하고 싶은데, 안타깝게도 요약에는 재능이 없다. 그러니 꼭 읽어 보길 추천한다.

공감의 기술, 아무 말 글쓰기

개인 블로그를 운영한 지 7년쯤 되었다. 호주 워킹 홀리데이 생활을 기록하고 훗날 추억하고 싶어서 가볍게 시작했는데 어쩌다 보니 여태 하고 있다. 시시껄렁한 일상의 단편을 누가 궁금해할까 싶은데 누군가 보기는 한다. 오늘 먹은 것, 한 주 동안 마신 커피, 요즘 읽고 있는 책, 남편과 나눈 짤막한 대화, 맑은 하늘과 길가에 핀 꽃 사진이 대부분이다. 글을 올린 지 20초밖에 되지 않았는데 '2명 읽음'이라고 뜨는 걸 보면 내 의미 없는 기록을 기다리기까지 하는 사람도 있는 것 같다.

무의미에서 의미를 찾은 사람들 덕분에 4년 전에는 블로그 글을 묶어 전자책《서른 전의 홀리데이》를 출간했고, 지금 쓰고 있는 책도 블로그를 통해 출판 기회를 얻었다. 호주에서 이민 준비를 하는 서른 초반 여성의 시시한 일상이 누군가에겐 중요한 사회학적 자료가 되는지도 모르는 일이다.

가끔 처음 만난 사람에게 "블로그 잘 보고 있어요" 하는 말을 들을 때가 있다. 심장이 철렁 내려앉는다. 매일 아침 내 글에 공감 버튼을 몇 명이 눌렀나, 어떤 댓글이 달렸나 확인하는 '관심 종자'면서도 막상 오프라인에서 누가 관심을 보이면 너무 미주알고주알 안 해도 될 얘기들을 많이 늘어놓은 건 아닌지, 혹시 나도 모르는 내 치부와 편견을 이 사람이 알고 있는 건 아닌지, 내 모순을 나보다 더 잘 알고 있는 건 아닌지 덜컥 겁이 난다. 대학 때 잠깐 수업을 같이 들었던 언니, 오랫동안 연락이 끊겼던 친구, 아니면 가족이나 내 친구를 통해 내 이름 정도만 알고 있는 사람들이 나의 사적인 이야기를 읽고 있다고 생각하면 벌거벗은 기분이 든다.

　　실제로 가끔씩 사람들 사이에서 나체로 있는 꿈을 꾼다. 꿈에서 나는 '아…… 옷을 입어야 하는데' 하면서도, 내 의지와 다르게 사람들 앞에 이미 나체를 드러내고 있다. 그것은 싫으면서도 꼭 싫지만은 않은 기분이다. 부끄러워 어찌할 바 모르겠지만 벗은 몸을 보여 주는 것을 은근히 즐기고 있다. 지금 생각해 보니 '관심을 부담스러워하는 관심 종자'에 관해 여실히 보여 주는 꿈이다.

　　이러니저러니 해도 지난 7년 동안 블로그에 글을 쓰면서 마음을 위로받았다. 글이라고 하긴 민망하고 그냥 아무 말을 했다.

'무얼 먹었고 어디에 갔으며 참 재미있었다' 하는 초등학교 시절 일기 같은 포스팅이었다. 한 편의 완성된 글보다 그런 '아무 말 글쓰기'를 좋아해 주는 블로그 이웃들이 많았다. 의미 없는 글이라도 활자로 풀어 놓고 나면 누군가에게 내 마음을 다 이해받은 것처럼 속이 후련했고, 뭔가를 쓴다는 행위가 차분함을 가져다주었다.

언제부터였을까, 힘든 마음을 타인에게 털어놓는 일이 일시적인 위안만 줄 뿐 근본적인 해결책이 되지 못한다는 생각이 들었다. 내 이야기에 관심이 없어서 공감하는 척만 하는 상대방을 보고 서운한 마음이 드는 동시에, 내가 상대방의 공감을 구걸하고 있다는 느낌마저 들었다. 나의 앞뒤 안 맞는 모순 가득한 이야기도 인내심 있게 들어 줄 사람은 세상에 나 하나뿐이라는 사실을 깨닫고부터 블로그에 '아무 말 글쓰기'를 시작했다.

블로그 글쓰기는 독백을 가장한 대화다. 누구에게 보여 주고 인정받기 위한 글이 아닌 온전히 나를 위한 일기장이지만, 그 혼잣말은 예기치 않게 누군가에게 닿아 공명한다. 그러면 쓰는 사람뿐만 아니라 읽는 사람도 혼자가 아니었다는 사실에 안도하게 된다. 정제된 단어와 문장이 아닐지라도 내 마음을 있는 그대로 솔직하게 표현하는 것만으로도 치유 효과가 있다는 것을 '아무 말 글쓰기'를 통해 알게 되었다.

블로그 글쓰기를 꾸준히 할 수 있었던 것은 이웃들의 공감과 댓글 덕분이었다. 좋은 댓글을 남기는 일은 한 편의 글을 쓰는 것만큼 어렵다. 적당한 거리를 유지하면서 나의 진심을 전하는 일, 위트 있고 명랑하게 공감과 호감을 표시하는 일, 남을 격려하고 응원하는 일. 좋은 댓글을 쓰는 사람은 인간관계도 좋을 것 같았다.

내 경우는 소심해서 '괜한 말을 하고 있는 게 아닐까' 하는 마음에 댓글을 쓰다가 지우는 스타일인데 인간관계도 비슷했다. 다가가려다 주춤하고 자꾸만 안전거리를 두었다. 하지만 또 한편으로는 뭐든 조금씩 어렵다는 마음을 갖는 게 좋다고도 믿었다. 너무 가볍고 쉽게 다가가다 보면 얼굴이 보이지 않는 온라인상에서라도 서로 감정이 상하기 마련이니까.

어떤 댓글들은 잘 잊히지 않고 마음 깊은 곳에서 부유한다. 인간의 생각과 마음이란 게 서로 천차만별이라 영원히 서로를 이해할 수 없을 것 같다가도 어느 때는 그 사람이 나이고 내가 그 사람인 것 같은 동질감을 느낄 때가 있다.

멜버른 시티 어느 공원 잔디밭에 혼자 앉아서 눈물을 닦으며 댓글을 달고 있는 20대 여학생이었습니당 ㅠㅠ ㅋㅋㅋㅋ 2019.1.23.

'20대 여학생'이라고 자신을 소개한 이웃의 댓글 마지막 문장이었다. 마지막 문장을 보면서 나는 어디선가 찌질하게 울고 있던 나의 과거를 떠올렸다. 호주 멜버른으로 혼자 여행 온 마음을 알 것 같고, 잔디밭에 혼자 있는 마음도 알 것 같고, 눈물을 닦는 마음도 알 것 같고, 'ㅋㅋㅋ'와 'ㅠㅠㅠ'를 함께 쓸 수밖에 없는, 웃을 수도 울 수도 없는 그 '웃픈' 마음을 알 것 같았다. 댓글을 단 사람의 마음을 이해해서가 아니라, 현재 그의 마음을 빌려서 과거의 나를 만났기 때문이었다.

과거의 나는 온 세상 구석구석 다 가 보고 싶었다. 한비야 작가가 쓴 《바람의 딸, 걸어서 지구 세 바퀴 반》을 보고 자란 세대였고(내 세대 여학생 대부분이 그를 롤 모델로 삼았다) 마음만 먹으면 세계를 다 경험할 수 있을 거라고 믿었다.

스물셋, 내 인생 첫 해외 배낭여행을 혼자 떠났고, 용감하고 씩씩하다는 세간의 평가와는 달리 실은 대부분의 시간을 외롭게 보냈다. 여행의 즐거움을 온전히 누리지 못하고 안온한 일상을 누리는 현지인을 부러워했다. (저 사람들은 돌아갈 집이 있어. 나도 집이 있는데, 지금 여기서 뭐 하고 있는 거지?) 유로화 환율이 2,000원에 육박할 때여서 밥 한 끼 사 먹는 것만으로도 손이 덜덜 떨려서 마트에서 산 빵과 우유로 대부분의 점심을 해결했다. (여행하는 데 돈이 이렇게 많이 드는데. 지구 세 바퀴 반은커녕 반도 못 보겠어.) 우물 안 개구리가 되지 않겠다고 결심하며 넓은 세상으로 떠났지만, 오히려 내가 너무 작고 보잘것없는 존재라는 사실에 기가 죽었다. 다시 우물로 돌아가고 싶어졌다.

하지만 우물로 돌아가는 것도 나에게 맞는 답은 아니었다. 다들 이렇게 사는 건지 궁금했다. 머무르지도 떠나지도 못하는 어정쩡한 마음으로, 정말로 죽지 못해서 사는 건지 알고 싶었다. 알 도리가 없었으므로 가끔 홀로 앉아 울기도 했던 것 같다.

낯선 타지에서 외로움이 엄습할 때마다 '나는 절대 외국에서 살지 않을 거야' 다짐하곤 했는데, 그 결심이 무색하게 외국에서 살고 있다니. 스물셋의 나에게 '너는 10년 후에 호주에 정착하기 위해 한국을 떠나게 될 거야' 귀띔한다면 콧방귀를 뀔 것이다. '영문학과 4학년이고 외국인이랑 대화도 제대로 못 하는데, 몇 주간의 해외여행만으로도 부서지는 유리 멘털을 가지고 호주에 살겠다고?'

과거의 나는 믿지 않겠지만 어쨌든 지금 나는 호주에 있다. 잘, 살고 있다. 외롭다고 울지 않고, 인생은 어차피 혼자라고 청승 떨지도 않는다. 호주 이민성이 허락한다면 앞으로도 이곳에서 잘 먹고 잘 살 것이다. 세계 여행 생각은 접었다. 세상은 변해서 이제 한비야 작가 말고도 삼을 만한 여성 롤 모델은 많고, 세계 여행보다는 몇 개의 도시를 이동하며 붙박이로 사는 일에 더 관심이 생겼다.

과거보다 조금 성장한 나는 힘들고 어려운 마음을 위로받고 싶다고 떼를 쓰며 누군가의 시간을 낭비하지 않는다. 대신 조용히 블로그에 접속해 '아무 말 글쓰기'를 한다. 조용한 방, 낡은 책상, 딱딱한 의자에 홀로 앉아 세상 어딘가 나와 비슷한 사람들에게 별처럼 반짝이는 수신호를 보낸다.

오늘은 김치볶음밥을 먹었고 공원을 산책했고 오렌지빛 노을을 보며 드라이브를 했어요. 괜찮은 하루였네요.

특별할 것 없는 일상을 덤덤하게 고백했을 뿐인데 친애하는 온라인 이웃들은 무의미에서 의미를 발견하고 다정하게 응답한다. 그것만으로도 나는 위로를 받는다.

할머니가 될 때까지 블로그를 계속 열어 두고 글을 쓰고 싶다. 그 정도의 기간이라면 정말로 '이주'와 관련된 사회문화적 가치가 생성될지도 모르니까. 누군가 논문을 쓴다면 '응답을 기다리는 무의미한 혼잣말, 21세기형 관심 종자의 공감과 소통 방식'이라는 제목이 좋겠다.

당신이 좋아하는 것

이런 말 하기 쑥스럽지만 나는 유튜버다. 해외에서 프리랜서로 일할 수 있는 가장 좋은 방법이라고 생각해서 유튜브를 시작하게 되었다. 영상을 보는 사람이 얼마 없어 초반에는 혼자 허공에 대고 소리치는 기분이었는데, 반년쯤 하다 보니 구독자 수도 늘어나고, 출판문화산업진흥원의 〈북튜브 지원 사업〉에도 선정되어 7개월동안 지원금을 받고 활동하게 되었다. 얼마 전 호주에서 3년쯤 다니던 회사를 (박차고) 나온 뒤 손가락 빨아야 하나 걱정했는데 기가 막힌 타이밍에 새로운 일을 맡게 된 것이다.

유튜브 채널을 개설한 건 1년 전, 남편과의 호주 일상을 영상으로 기록할 목적이었다. '브이로그'로도 알려진 일상 기록을 영상으로 만드는 도중 회의가 찾아왔다. 내가 만들고도 '그래, 호주에서 밥 먹고 차 마시고 책 읽는데, 뭐 어쩌라고?' 하는 생각이 들었다. 유튜브를 가지고 십 원이라도 벌려면 기획력 있는 관심 종자가 되어야 했다.

전문가가 아닌 내가 생각해도 콘텐츠 기획 면에서 한 가지는 명확해 보였다. 남들과 차별화된 콘셉트가 있어야 한다는 것. 내가 올린 영상을 찬찬히 훑어보니 책을 읽고 필사를 하는 장면이 빠지지 않고 등장했다. 남들보다 책 읽을 시간이 많으니까 책에 관한 리뷰를 다루는 '북튜브 채널'을 운영하면 좋을 것 같았다. 국내 최정상 북튜브 채널 〈겨울서점〉을 구독했다. 김겨울 님의 물 흐르듯 자연스러운 책 리뷰와 영업 영상을 보면서 자극받기는커녕 나는 안 되겠다 싶었다. 아무나 할 수 있지만 제대로 할 수 있는 사람은 별로 없다는 진리는 유튜브 세계에서도 마찬가지였다.

얼굴을 드러내지 않고 말을 최대한 적게 할 수 있는 방법이 없을까, 책을 직접 언급하지 않으면서 책을 읽고 싶어지는 영상을 만들 수 없을까 고민하다 생각한 것이 독서 노트였다. 책을 읽고 내용을 잊어버리는 게 항상 아쉬웠는데 독서 다이어리 채널을 운영하게 되면 개인적으로도 책 읽고 기록하는 습관을 들일 수 있을 것 같았다. 책을 좋아하는 사람들은 손글씨로 다이어리를 꾸미는 걸 좋아하고, 문구류에도 관심이 많아서 공감대를 형성하기 수월할 듯했다. 무엇보다 독서 노트가 내 얼굴을 대신할 수 있었다.

서점에 가서 몰스킨 다이어리와 얇은 검은색 볼펜을 사고 한 달 동안 21권의 책을 읽으면서 거의 매일 독서 노트를 적었다. 독서 노트 쓰는 노하우에 관한 영상은 이전 브이로그 영상보다 확연히 나은 피드백을 받았다.

노하우란 별게 아니었다. '빈 페이지 첫 줄에 책 제목, 작가 이름, 출판사 이름을 쓴다' '한 달 동안 읽은 책을 한 페이지에 분야별로 정리해서 별점을 매긴다' '책 표지에 적힌 카피를 적어본다'와 같이 아주 사소한 것도 보는 사람 입장에 따라서는 정보가 되었다. 어떤 사람은 차분하게 흘러가는 영상과 배경 음악의 조화에 호의를 표했고, 누군가는 '나도 한때 커피 마시면서 책을 읽고 일기 쓰는 시간을 좋아했었는데' 하며 과거를 그리워했다. 10대 청소년들은 문구류와 아이패드에 관심이 많았고 나와 비슷한 또래들은 해외에서 사는 삶에 관심을 보였다. 구독자 200명 남짓, 성장 기미가 보이지 않던 브이로그 채널과 달리 독서 노트 채널의 구독자와 조회 수는 조금씩 늘기 시작했다.

혼자만 즐거운 콘텐츠가 아니라 사람들이 무엇에 관심이 있는지를 파악하는 것은 하나의 수행이었다. '사람들은 뭘 좋아할까?'를 고민하는 동안 오랜 세월 내 안에 배어 있던 자기중심 사고가 타인의 관점에서 사고하는 방식으로 전환되었다. 사고의 회로가 바뀌는 것을 관찰하면서 그동안 타인의 입장과 관점에

서서 생각해 본 적이 많지 않다는 것도 깨달았다. 남편이, 친구들이, 가족들이 좋아하는 것을 생각하기보다 항상 내가 좋아하는 것, 내가 하고 싶은 것을 우선순위에 놓고 살아왔다. 나의 행복은 매일 고민하면서 다른 사람을 행복하게 하는 방법을 고민한 적은 드물었다.

사람들의 취향과 기호를 파악하는 일은 타인의 기준에 나를 맹목적으로 맞추는 것과는 조금 달랐다. 다른 사람의 기대를 충족시켜 인정받고 싶은 수동적인 태도가 아니라, 그들이 보고 싶고 듣고 싶어 하는 것을 연구해 즐거움을 선사하고 싶다는 능동적인 행위였다.

블로그의 글과 유튜브 영상을 보고 일상의 활기를 얻었거나 위안을 받았다는 피드백을 받을 때, 이 넓은 세계 어딘가에 존재할 그의 실체를 상상하며, 취미처럼 하는 이 일이 대단하진 않지만 결코 작은 일도 아니다 싶었다.

얼마 전에는 유튜브 구독자에게 손편지를 보내는 이벤트를 열었다. 랜선과 익명 뒤에 있던 구독자들이 커밍아웃해 각각의 사연들을 메일로 보내 주었다. 어떤 응모자는 손으로 직접 쓴 편지를 사진으로 찍어 첨부파일로 보내 주었는데, 홀로 책상 위에 앉아 꾹꾹 글씨를 눌러 쓴 사람의 마음과, 얼굴도 모르는 사람에게 자신의 내밀한 속내를 털어놓는 심정을 생각하니 코끝이 찡해지기도 했다.

사람들 앞에서 "저 유튜버예요"라고 말하는 것은 여전히 쑥스럽다. 아마 내 안에 '더 많은 사람이 내 유튜브를 구독해 주었으면' '조회 수가 지금보다 훨씬 더 높아졌으면' 하는 얄팍한 인정 욕구가 남아 있기 때문일 거다. 예전 같으면 외면했을 나의 인정 욕구를 그대로 인정하고 있다. 그 욕망이야말로 내 주변 사람들을 기쁘고 즐겁게 만들 수 있는 원동력이 될 테니까. 내가 좋아하는 것에만 집착하지 않고 당신이 좋아하는 것을 연구할 줄 아는 꽤 괜찮은 사람으로 만들어 줄 테니까.

불면과 불멸

한 주 내내 비가 오다가 날이 개었다. 일기 예보를 확인하니 다음 주, 그다음 주까지도 화창하다고 했다. 한겨울이라고 해 봐야 호주의 겨울은 한국의 초봄 정도의 기온이다. 다른 계절과는 사뭇 다른 겨울 햇살의 온화한 기운이 피를 맑게 하고 뼈를 단단하게 하는 것 같다. 이곳에서 나는 조금 건강해졌다.

어제와 똑같은 아침, 암막 커튼 사이를 비집고 들어온 햇살에 잠에서 깼고 여전히 꿈속에 있는 듯 멍했다. 그렇게 오랜 시간을 어둠 속에 웅크리고 있었다는 사실이 믿기지 않았다. '살아 있음'이란 계속 살아 있는 상태가 아닌, 죽었다가 되살아나는 것을 반복하는 행위가 아닐까.

밝은 것은 때로 나를 불안하고 부끄럽게 했다. 그래서 낮에도 암막 커튼을 닫고 어둠 속에 있기를 택할 때가 많았다. 108배를 하거나 깊은 명상에 집중할 때도 빛이 난 자리보다 어둠 속이 편안했다. 108배를 할 때는 매번 누군가 떠오르는데 오늘은 지난주 돌아가신 작은아버지 생각이 났다.

///

비가 소리 없이 음산하게 내리던 어느 날 저녁, 서점에서 엽서를 고르다 동생의 전화를 받았다. 동생은 말문을 열기 조심스러워하다가, 작은아버지가 암 수술 중 돌아가셨다고 얘기했다. 몸이 쇠약해질 대로 쇠약해져 큰 수술을 견디지 못했다고, 살아온 인생을 정리할 새 없이 수술실에서 그대로 눈을 감으셨다고 전했다. 내게 작은아버지가 있다는 것을 오랫동안 잊고 살아서, 그가 죽었다는 말이 잠에 들었다는 말처럼 아무렇지 않게 들렸다. 갑작스럽게 전해 들은 비보에 꿈꾸고 일어난 듯 멍해졌다.

작은아버지 이름은 '성주'였다. 옛날 사람 이름 같지 않게 무척 세련됐다고 생각해서 그 이름을 갖고 싶다고 생각한 적도 있었다. 어린 내가 보기에도 그는 선하고 성실한 남자 어른이었으며 휜칠한 키에 외모도 수려했다. 그가 친아버지였다면 어땠을까 상상해 본 적도 있었다. 작은아버지는 가난한 집, 홀어머니 밑에서 태어난 삼 남매 중 막내였는데, 누나와 형을 대신해 농사일을 하며 집안 생계를 책임졌다. 인생의 많은 부분을 형에게 양보하며 살았는데 자신이 희생한 것에 비해 형은 멋진 어른이 되지 못해서 오랫동안 형을 미워했다. 눈 감는 순간까지도 그랬는 지는 알 수 없었지만 나와 동생까지 미워하지는 않았으리라. 조카를 살뜰히 챙기는 분은 아니었지만 우리를 바라보는 눈빛이 나 손길이 다정했으니까.

작은아버지가 내게 한쪽 눈을 찡긋 감으며 "이쁜아"라고 불렀던 것이 기억났다. 이쁜아, 조 이쁜아. 그가 나를 그렇게 부를 때마다 쑥스러워 배시시 웃곤 했었다. 생각해 보니 아빠와 지금의 남편 말고 나를 '이쁜아'라고 불렀던 사람은 작은아버지가 유일했다. 내가 작은아버지와 함께 보낸 시간을 모두 합하면 24시간도 채 되지 않고 '이쁜아'라고 불리던 순간을 헤아려 보자면 열 손가락 안에 들 거였다. 그런데도 "이쁜아" 하고 부를 때의 목소리와 눈빛에 담긴 다정함이 내 안에 깊게 새겨져 있어서 아주 오래 그와 함께 보냈다는 착각에 사로잡혔다. 찰나의 온화한 시선, 부드러운 한마디만으로 한 사람의 얼굴이 다른 한 사람의 마음에 따뜻한 모습으로 각인되었다.

작은아버지가 결혼을 하고 나와 비슷한 눈매를 가진 딸이 태어나면서 그에게 나는 두 번째 이쁜이로 밀려났지만, 서운하기보다 작은아버지가 단란하게 가정을 꾸린 모습이 보기 좋았다. 왜였는지는 모르겠지만 작은아버지를 볼 때마다 행복했으면 하고 자주 바랐다.

하지만 동생이 내게 들려준 작은아버지의 지난 생은 내가 바랐던 것과는 조금 거리가 있었다. 물론 그의 인생에도 우리가 모르는, 포근하고 윤이 나던 순간이 있었을 것이다. 빛과 그림자처럼 행과 불행도 한 쌍인 거니까.

그런데 정말 그럴까. 나는 어디서 주워들은 이야기에 너무 확신을 갖고 있는 게 아닐까. 거리의 행인들을 둘러봤다. 바삐 걸음을 옮기는 사람 중에 자신이 곧 죽게 될 거라고 생각하는 사람은 아무도 없어 보였다. 오늘 잠들어서 내일 반드시 깨어난다는 보장이 없는데 누구도 죽음을 준비하지 않고 있다는 사실에 나는 초조하고 불안해졌다.

집으로 돌아오는 버스 안에서 서점에서 산 엽서의 빈 공백을 한참 들여다보았다. 작은아버지의 장례식에 참석하지 못하는 대신, 거기에 무슨 이야기든 써야겠다고, 영원히 수신되지 못할 편지라도 써야겠다고 생각했다.

영혼들이 어디선가 내 이야기를 듣고 있다는 상상을 자주 하곤 했다. 이승에 미련이 남은 망자의 영혼들은 쉽게 잠들지 못하고, 불면증에는 이야기만 한 것이 없으니까. 나는 출처를 알 수 없는 어느 아메리칸 인디언의 시를 엽서에 적었다.

나는 불어대는 천 갈래의 바람이오. 무르익은 곡식을 비추는 햇살이오. 조용히 내리는 가을비요. 당신이 아침 고요 속에 눈을 뜰 때

허공에 포물선을 그리며 가볍게 날아오르는 새요. 내 무덤에서 울지 마오. 나는 거기에 없소. 나는 죽지 않았다오.

죽음이 우리가 모르는 형식의 '잠'이라면, 깨어나는 방식도 우리의 상식에서 벗어나 있을 것이다. 내 무덤에서 울지 말라던 인디언은 우리가 이해할 수 없는 방식으로 깨어 있을지도 몰랐다. 빛과 그림자의 존재는 알지만 그 사이에 있는 존재는 잘 알지 못하는 것처럼 우리는 죽음과 삶 사이에 대해서도 무지했다.

///

어제와 별다를 것 없어 보이는 아침, 커튼을 활짝 열었다. 방안이 빛으로 가득 찼다. 창문 여는 소리에 놀란 비둘기가 푸드덕, 하늘로 날았다. 새가 날아간 자리를 침묵이 메웠다. 바다보다 깊은 하늘에 구름이 말없이 지나갔고 먼 곳에서 바람이 불어왔다. 이 모든 것이 내가 사랑했던 사람들, 그런데 너무 일찍 떠나가 버린 사람들, 미처 잠들지 못한 사람들의 영혼일지 몰랐다. 아침 햇살의 따뜻함은 누군가 세상에 남기고 간 다정함과 상냥함의 흔적일지 몰랐다. 이쁜아, 조 이쁜아 하던 목소리가 내 안에 남아 있는 것처럼.

오늘 자고 나면 내일 깨어날 수 있을까. 나는 다른 사람 마음에 어떤 자국을 남기고 떠날 수 있을까. 바람이 될까, 햇살이 될까. 이상한 질문들에 답하는 동안 하루가 다 가고 있었다.

몸으로 하는 기도

새벽 5시, 1층에 내려가 물을 끓이는 사이 잠에서 깬다. 커피나 차 대신 뜨거운 물을 마시면서 몸을 따뜻하게 만들고 흙의 빛깔을 닮은 갈색 좌복을 바닥에 얌전히 내려놓는다. 그리고 그 위에서 천천히 절을 한다. 절 한 번에 목부터 허리와 등, 허벅지와 종아리, 팔목과 발목까지 전신 스트레칭이 가능하다. 자는 동안 굳어 있던 몸이 천천히 깨어난다. 나에게 몸이 있다는 것을 새삼 깨닫게 된다. 내가 절을 하고 있을 때 와이는 출근 준비를 한다. 와이가 출근길 운전하는 동안 다치지 않으면 좋겠다고, 주방에서 칼에 베이거나 뜨거운 것에 데지 않으면 좋겠다고 기도한다.

"나 잘되라고 기도하는 거지?" 그가 물었다. "응, 그런 거야" 하고 대답했다. 졸리고 피곤할 텐데도 내게 환한 미소 보내는 걸 잊지 않는다.

불교에서는 재물 없이 타인에게 베풀 수 있는 7가지 보시를

'무재칠시'無財七施라 일컫는데 그중 '화안시'라는 게 있다. 화색 가득한 부드럽고 다정한 미소로 상대방을 기쁘게 만드는 보시다. 우리는 서로를 보고 자주 웃는다. 웃을 일이 없을 때는 노래를 부르고 춤을 춰서라도 웃을 일을 만든다. 사랑이란 얼굴만 봐도 웃음이 비실비실 새어 나오는 거였다.

주방 노동에 지칠 때마다 와이는 나를 떠올리면서 힘을 낸다고 했다.

'새벽에 일어나서 기도하는 미정이, 짧은 손가락을 어색하게 꼼지락거리면서 요리하는 미정이, 웃긴 표정으로 춤을 추고 노래하는 미정이, 요가 동작을 선보이며 자랑하는 미정이, 일 끝나고 집에 가면 네가 있지. 같이 밥을 먹고 웃을 수 있지. 빨리 네가 있는 집으로 가야지.'

와이의 출근을 배웅하고 108배를 이어 간다. 고민과 걱정이 생기거나 인생의 중요한 시기에는 밤낮 가리지 않고 절을 했다. 요즘에는 나쁜 글을 쓰지 않기 위해서 절을 한다. 누구를 함부로 판단하거나 비난하거나 조롱하는 글을 쓰지 말자고, 화가 나고 짜증 난 상태에서 글을 쓰지 말자고, 가장 마음이 깨끗하고 맑을 때 글을 쓰자고 다짐하며 절을 한다.

절을 하다 보면 복잡한 머릿속이 잘 정리되고 새로운 아이디어도 잘 떠올랐다. 몸과 마음을 낮추고 호흡을 부드럽게 가다듬고 나면 '어떻게 더 잘난 사람이 되어 이득을 볼 수 있을까' 하는 허영기 있는 욕심이 '어떻게 더 능력 있는 사람이 되어 세상에 이득이 되는 사람이 될 수 있을까' 하고 결을 달리했다. 물론 이런 생각이 드는 건 잠시뿐, '나만 잘돼라' 하면서 지내는 시간이 훨씬 더 많다. 살면서 굳어진 사고의 습관은 바꾸기가 쉽지 않다.

몸의 관성을 이겨야 마음의 관성도 이길 수 있다는 것은 삼천 배를 하면서 배웠다. 삼천 배 일주일 기도 둘째 날의 기억은 아직도 생생하다. 새벽 세 시에 일어나야 하는데 다리와 무릎이 너무 아파서 두 시부터 눈이 떠졌고 마음에 엄청난 저항이 일었다. 전생에 무슨 죄를 지어서 이렇게 몸을 혹사해야 하나, 그냥 이대로 눈을 딱 감고 잠시만 사라지고 싶었다. 삼사일째부터는 자포자기 심정이 되었는데 육체가 느끼는 고통을 무심하게 받아들이니 마음이 편해졌다.

일주일간 이만일천 배를 마치고 나니 전생에 죄를 지은 게 아니라 복을 많이 지어 육체와 정신을 단련할 기회를 얻은 거란 생각이 들었다. 절 수행을 하기 전 나는 쉽게 무기력해졌고 게으름 피우길 좋아했으며, 하기 싫은 일은 하지 않았고 보기 싫은 사람은 보지 않았다. 살아온 관성에 따라 고집스럽게 행동하다 보니 타인과 갈등을 빚는 일도 여러 차례였다. 삼천 배 기도를 하면서 마음이 시키는 대로 사는 것도 중요하지만, 마음 내키는 대로만 살지 않는 것도 중요하다는 걸 배웠다.

사람마다 다르겠지만 나는 마음의 관성을 거스르려면 일단 몸을 움직여야 한다고 믿는다. 이것은 조금 걷기만 해도 알 수 있다. 어깨를 움츠리고 터덜터덜 걷다 보면 왠지 모르게 기운이 더 없어지지만, 어깨를 활짝 펴고 미소를 띠면서 천천히 걷다 보면 마음이 차분하고 고요해진다. 큰 보폭으로 씩씩하게 파워 워킹을 하거나 가볍게 뛰다 보면 에너지가 샘솟는다.

마음은 추상적인 존재지만 육체는 눈으로 볼 수 있고 손으로 만질 수 있어서 훨씬 다스리기 쉽다. 마음을 잔잔하고 평화롭게 만들어 보라는 말을 들으면 누구나 당황하겠지만, 아무도 없는 오솔길을 가볍게 걸어 보라는 말은 누구나 이해할 수 있다. 마음을 깨끗하게 정돈하라고 하면 역시 혼란스럽겠지만, 아침에 일어나 이불을 개고 방 청소를 하라는 말은 쉽게 알아들을 수 있다.

불안이나 우울을 극복하는 방법으로 각계 전문가들이 걷기와 청소를 추천하는 것은 이런 이유가 아닐까. 그러고 보니 호주에 와서 해 본 일 중 몸은 힘들지만 마음이 가장 평화로웠던 건 호텔 하우스키핑이었다.

하우스키퍼의 하루는 종일 끌고 다닐 카트에 청소 도구를 가지런히 정리하는 것으로 시작된다. 쓰레기봉투를 새것으로 갈아 끼운 다음 청소기의 먼지 주머니가 꽉 차 있진 않은지, 청소 카트에 어메니티는 충분히 있는지, 오늘 치워야 할 방의 개수만큼 침대 시트와 수건이 넉넉한지 확인한다. 미리 확인하지 않으면 창고에 다시 내려와야 하고 그러면 일하는 시간이 지체되기 때문에 일을 시작하기 전에 꼼꼼히 챙겨야 한다.

호텔 방에 들어가면 일단 침대 시트와 베개 커버를 걷어 내고 새 시트로 간다. 그다음 화장실을 청소한다. 방의 먼지는 제일 나중에 떨어내고 청소기를 돌린 다음 메모지와 볼펜, 다리미와 드라이기 같은 물품들을 정해진 모양대로 가지런히 제자리에 놓는다. 다음 방으로 들어가 똑같은 일을 한다. 고강도 육체노동이기에 힘들어서 그만두고 싶을 때도 있었지만, 머리를 쓰지 않고 몸에 익은 행동을 계속 반복하면 정신이 고요하고 맑아졌다. 육체를 움직일 때 정신이 쉬게 되는 원리를 정확히 알 수 없었지만, 산만하고 가만히 앉아 있는 것을 못 견디는 내게 몸을 움직이는 일은 즐거운 수행이 되었다.

절 수행도 마찬가지였다. 이마, 두 팔과 다리를 바닥에 대고 납작하게 엎드릴 때 비로소 나의 비대한 자아가 작아지고 낮아질 수 있었다. 그렇게 108번 절을 반복하고 나면 춤을 추고 난 듯 머리 속 모든 번뇌가 지워졌다. 절을 하고 나면 불교 경전을 한 줄이라도 꼭 읽으려고 한다. 다이아몬드처럼 변하지 않는 진리가 담겨 있다는 《금강경》 마지막 페이지에는 '모든 유위법은 꿈과 같고, 허깨비 같고, 물보라 같고, 그림자 같다. 또한 이슬과 같고 번개와 같다'는 말이 나온다. 그 구절을 보면서 사는 게 지난밤 꿈 같은 일이고 해가 뜨면 사라질 이슬 같은 일이라면 왜 이토록 치열하게 살아야 하는 걸까 생각했던 적이 있다. 우리는 왜 성공하려고 애를 쓸까. 더 행복해지지 못해서 안달일까. 무언가 이루지 못하면 왜 자꾸만 불안해지는 걸까.

지금도 여전히 답을 찾는 중이다. 인생이 하룻밤 꿈에 불과한 것이라고 해도 성실하게 생을 살아야 할 이유는 반드시 존재할 것이다. 방심하면 찾아오는 무기력과 허무의 관성을 이겨 내고 새벽에 일어나 기도하고 글을 쓰고 산책을 하고, 밝은 얼굴로 상대를 바라보는 일을 결코 포기하지 않고 싶다.

우아한 방황

　우연히 연락이 닿은 옛 친구가 인사를 건네며 호주에 정착한 거냐고 물었다. 정착이라는 단어에 한동안 눈이 머물다가 결국 대답해 주지 못했다. 한 장소에 뿌리내리고 사는 일, 정년이 보장된 안정적인 직장에 다니는 일 혹은 확실하고 뚜렷한 직업을 갖는 일, 가정을 이루어 아이를 낳고 기르는 일, 집과 차를 사고 노후를 위해 꼬박꼬박 저축하는 일이 정착이라는 카테고리에 속한다면 나는 아직 어디에도 정착하지 못한 사람이었다. 어떻게 살아야 할지 삶의 방향이 확실해져 더 이상 방황하지 않게 되는 일을 정착이라고 한다면 그 역시 거리가 멀었다.

　내게 정착이란 아직 다가오지 않은 시간처럼 한 번도 경험해 보지 못한 미지의 세계였다. 그 말은 종착이라는 말과도 크게 다르지 않아 보였다. 부유하던 눈송이가 대지에 내려앉으면 그다음은 사라지는 일뿐인 것처럼, 정착은 허구이거나 죽음 둘 중 하나였다.

살아 있는 한 모든 인간은 떠도는 존재가 아닐까. 어떤 사람이 제대로 정착하지 못한 이유는 능력이 모자라거나 마음 상태가 불안정해서가 아니라, 길을 잃는 방랑과 모험을 자처할 만큼 호기심이 많아서인지도 모른다.

와이와 나는 지금 호주 퍼스에 살고 있지만 5년 후에도 이곳에 있으리라는 확신은 없다. 부유하는 삶의 매력을 알게 된 지금, 언제든 미련 없이 내가 머물러 있는 곳을 떠나 낯선 곳에서 새로운 사람들을 만나며 살아갈 수 있다. 기차나 비행기에 오르지 않고도 충분히 표류의 여정을 떠날 수 있을 것이다. 이제 우리의 마음은 우리의 몸보다 더 먼 곳까지 올라가 훨씬 고요하고 우아하게 부유할 수 있을 테니까.

혹시 이 세상이
손바닥만 한 스노볼은 아닐까

초판 1쇄 발행 2019년 10월 7일
초판 2쇄 발행 2019년 10월 14일

지은이 조미정
펴낸이 권미경
편집 박주연
마케팅 심지훈, 조아라, 김보미
디자인 어나더페이퍼
본문일러스트 박지영
펴낸곳 ㈜웨일북
출판등록 2015년 10월 12일 제2015-000316호
주소 서울시 마포구 월드컵로32길 22 비에스빌딩 5층
전화 02-322-7187 **팩스** 02-337-8187
메일 sea@whalebook.co.kr **페이스북** facebook.com/whalebooks

ⓒ 조미정, 2019
ISBN 979-11-90313-05-6 03810

소중한 원고를 보내주세요.
좋은 저자에게서 좋은 책이 나온다는 믿음으로, 항상 진심을 다해 구하겠습니다.

「이 도서의 국립중앙도서관 출판예정도서목록(CIP)은
서지정보유통지원시스템 홈페이지(http://seoji.nl.go.kr)와
국가자료공동목록시스템(http://www.nl.go.kr/kolisnet)에서 이용하실 수 있습니다.
(CIP제어번호 : CIP2019036658)」